Agatha Christie®

Um passe de mágica

Tradução de Rodrigo Breunig

www.lpm.com.br
L&PM POCKET

Coleção **L&PM** POCKET, vol. 498

Texto de acordo com a nova ortografia.
Título original: *They Do It With Mirrors*

Primeira edição na Coleção **L&PM** POCKET: novembro de 2014
Esta reimpressão: março de 2022

Tradução: Rodrigo Breunig
Capa: juliejenkinsdesign.com © HarperCollins/Agatha Christie Ltd. 2008
Preparação: Patrícia Yurgel
Revisão: Simone Diefenbach

CIP-Brasil. Catalogação na publicação
Sindicato Nacional dos Editores de Livros, RJ.

C479u

Christie, Agatha, 1890-1976
Um passe de mágica / Agatha Christie; tradução Rodrigo Breunig. – Porto Alegre, RS: L&PM, 2022.
240 p. ; 18 cm. (L&PM POCKET, v. 498)

Tradução de: *They Do It With Mirrors*
ISBN 978.85.254.3159-2

1. Ficção policial inglesa. I. Breunig, Rodrigo. II. Título. III. Série.

14-12277 CDD: 823
CDU: 821.111-3

Rua Comendador Coruja, 314, loja 9 – Floresta – 90220-180
Porto Alegre – RS – Brasil / Fone: 51.3225.5777

Pedidos & Depto. Comercial: vendas@lpm.com.br
Fale conosco: info@lpm.com.br
www.lpm.com.br

Impresso no Brasil
Verão de 2022

Agatha Christie

(1890-1976)

Agatha Christie é a autora mais publicada de todos os tempos, superada apenas por Shakespeare e pela Bíblia. Em uma carreira que durou mais de cinquenta anos, escreveu 66 romances de mistério, 163 contos, dezenove peças, uma série de poemas, dois livros autobiográficos, além de seis romances sob o pseudônimo de Mary Westmacott. Dois dos personagens que criou, o engenhoso detetive belga Hercule Poirot e a irrepreensível e implacável Miss Jane Marple, tornaram-se mundialmente famosos. Os livros da autora venderam mais de dois bilhões de exemplares em inglês, e sua obra foi traduzida para mais de cinquenta línguas. Grande parte da sua produção literária foi adaptada com sucesso para o teatro, o cinema e a tevê. *A ratoeira*, de sua autoria, é a peça que mais tempo ficou em cartaz, desde sua estreia, em Londres, em 1952. A autora colecionou diversos prêmios ainda em vida, e sua obra conquistou uma imensa legião de fãs. Ela é a única escritora de mistério a alcançar também fama internacional como dramaturga e foi a primeira pessoa a ser homenageada com o Grandmaster Award, em 1954, concedido pela prestigiosa associação Mystery Writers of America. Em 1971, recebeu o título de Dama da Ordem do Império Britânico.

Agatha Mary Clarissa Miller nasceu em 15 de setembro de 1890 em Torquay, Inglaterra. Seu pai, Frederick, era um americano extrovertido que trabalhava como corretor da Bolsa, e sua mãe, Clara, era uma inglesa tímida. Agatha, a caçula de três irmãos, estudou basicamente em casa, com tutores. Também teve aulas de canto e piano, mas devido ao temperamento introvertido não seguiu carreira artística. O pai de Agatha morreu quando ela tinha onze anos, o que a aproximou da mãe, com quem fez várias viagens. A paixão por conhecer o mundo acompanharia a escritora até o final da vida.

Em 1912, Agatha conheceu Archibald Christie, seu primeiro esposo, um aviador. Eles se casaram na véspera do Natal de 1914 e tiveram uma única filha, Rosalind, em 1919. A carreira literária de Agatha – uma fã dos livros de suspense do escritor inglês Graham Greene – começou depois que sua irmã a desafiou a escrever um romance. Passaram-se alguns anos até que o primeiro livro da escritora fosse publicado. *O misterioso caso de Styles* (1920), escrito próximo ao fim da Primeira Guerra Mundial, teve uma boa acolhida da crítica. Nesse romance aconteceu a primeira aparição de Hercule Poirot, o detetive que estava destinado a se tornar o personagem mais popular da ficção policial desde Sherlock Holmes. Protagonista de 33 romances e mais de cinquenta contos da autora, o detetive belga foi o único personagem a ter o obituário publicado pelo *The New York Times.*

Em 1926, dois acontecimentos marcaram a vida de Agatha Christie: a sua mãe morreu, e Archie a deixou por outra mulher. É dessa época também um dos fatos mais nebulosos da biografia da autora: logo depois da separação, ela ficou desaparecida durante onze dias. Entre as hipóteses figuram um surto de amnésia, um choque nervoso e até uma grande jogada publicitária. Também em 1926, a autora escreveu sua obra-prima, *O assassinato de Roger Ackroyd.* Este foi seu primeiro livro a ser adaptado para o teatro – sob o nome *Álibi* – e a fazer um estrondoso sucesso nos teatros ingleses. Em 1927, Miss Marple estreou como personagem no conto "O Clube das Terças-Feiras".

Em uma de suas viagens ao Oriente Médio, Agatha conheceu o arqueólogo Max Mallowan, com quem se casou em 1930. A escritora passou a acompanhar o marido em expedições arqueológicas e nessas viagens colheu material para seus livros, muitas vezes ambientados em cenários exóticos. Após uma carreira de sucesso, Agatha Christie morreu em 12 de janeiro de 1976.

Para Mathew Prichard

Sumário

Capítulo 1 9
Capítulo 2 22
Capítulo 3 26
Capítulo 4 40
Capítulo 5 49
Capítulo 6 66
Capítulo 7 76
Capítulo 8 91
Capítulo 9 98
Capítulo 10 109
Capítulo 11 120
Capítulo 12 132
Capítulo 13 145
Capítulo 14 158
Capítulo 15 173
Capítulo 16 186
Capítulo 17 199
Capítulo 18 206
Capítulo 19 212
Capítulo 20 215
Capítulo 21 218
Capítulo 22 222
Capítulo 23 224
Epílogo 231

Capítulo 1

A sra. Van Rydock se afastou um pouco do espelho e suspirou.

– Bem, vai ter que ser isto mesmo – murmurou. – Acha que ficou bem, Jane?

Miss Marple contemplou a criação de Lanvanelli com um semblante apreciativo.

– É um vestido muito bonito – disse.

– O vestido ficou bem – falou a sra. Van Rydock, suspirando. – Você já pode tirá-lo, Stephanie.

A criada idosa com cabelos grisalhos e uma pequena boca comprimida puxou cuidadosamente o vestido ao longo dos braços estendidos da sra. Van Rydock.

A sra. Van Rydock ficou parada na frente do espelho com sua combinação de cetim cor de pêssego. Estava primorosamente espartilhada. Suas pernas, ainda bem torneadas, se mostravam envolvidas por belas meias de náilon. Seu rosto, sob uma camada de cosméticos e constantemente tonificado por massagens, parecia quase juvenil a uma ligeira distância. Seu cabelo, arrumado de modo impecável, tendia mais para o azul-hortênsia do que para o grisalho. Era praticamente impossível, olhando a sra. Van Rydock, imaginar como ela seria num estado natural. Tudo o que o dinheiro podia fazer tinha sido feito por ela – com o reforço de dietas, massagens e exercícios regulares.

Ruth Van Rydock olhou sua amiga com um ar jocoso.

– Você acha que as pessoas em geral seriam capazes de adivinhar, Jane, que você e eu temos praticamente a mesma idade?

Miss Marple respondeu de uma maneira leal e tranquilizadora:

– Nem por um segundo, tenho certeza. *Eu* receio aparentar cada minuto da *minha* idade!

Miss Marple tinha cabelos brancos, um rosto macio, rosado e enrugado, e olhos inocentes de porcelana azul. Parecia uma velhinha muito adorável. Ninguém teria chamado a sra. Van Rydock de velhinha adorável.

– Creio que você aparenta, Jane – disse a sra. Van Rydock com um súbito sorriso irônico. – E eu também. Só que não da mesma maneira. "É espantoso como aquela bruxa velha mantém a forma." Isso é o que dizem de mim. Mas sabem muito bem que eu sou uma bruxa velha! E, meu Deus, é assim que eu me sinto!

Ela desabou pesadamente na cadeira estofada de cetim.

– Pronto, Stephanie – falou. – Pode ir.

Stephanie recolheu o vestido e saiu.

– Boa e velha Stephanie – disse Ruth Van Rydock. – Já está comigo faz mais de trinta anos. Ela é a única mulher que sabe qual é a minha verdadeira aparência! Jane, preciso falar com você.

Miss Marple inclinou-se à frente um pouco. Seu rosto assumiu uma expressão receptiva. Ela parecia, de certo modo, uma figura incongruente no quarto ornamentado daquela cara suíte de hotel. Vestia um traje preto um tanto desalinhado, carregava uma grande sacola de compras e parecia dos pés à cabeça uma senhora.

– Eu estou preocupada, Jane. Com Carrie Louise.

– Carrie Louise? – Miss Marple repetiu meditativa.

O som do nome a remetia para um passado remoto. O pensionato em Florença. Ela mesma uma rosada garota inglesa saída de um beco de catedral. As duas jovens Martin, americanas, excitantes aos olhos da garota inglesa por causa do jeito pitoresco de falar e do comportamento franco e vívido. Ruth, alta, ávida, pairando acima de tudo; Carrie Louise, pequena, delicada, melancólica.

– Quando você a viu pela última vez, Jane?

– Ah! Não a vejo há muitos e muitos anos. Vinte e cinco, no mínimo. Claro que ainda trocamos cartões de Natal.

Uma coisa tão estranha, a amizade! Ela, a jovem Jane Marple, e as duas americanas. Seus caminhos se afastando quase de imediato, e, no entanto, o velho afeto persistindo; cartas ocasionais, lembranças no Natal. Estranho que Ruth, cuja casa, ou melhor, cujas casas ficavam nos Estados Unidos, fosse das duas a irmã que ela via com mais frequência. Não, talvez não fosse estranho. Como a maioria das americanas de sua classe, Ruth era cosmopolita, quase de ano em ano fazia uma viagem à Europa, correndo de Londres a Paris, depois até a Riviera, para então voltar de novo, e sempre fazendo de tudo para aproveitar alguns momentos com as velhas amigas onde quer que estivesse. Haviam ocorrido diversos encontros como aquele. No Claridge's, ou no Savoy, ou no Berkeley ou no Dorchester. Uma refeição refinada, reminiscências afetuosas e um adeus apressado e afetuoso. Ruth nunca tivera tempo para visitar St. Mary Mead. E Miss Marple jamais, de fato, contara com isso. A vida de todo mundo tem um *andamento* próprio. O de Ruth era *presto*, ao passo que o de Miss Marple se contentava em ser *adágio*.

Era, portanto, a americana Ruth quem ela via com mais frequência, ao passo que Carrie Louise, embora morasse na Inglaterra, ela não via fazia mais de vinte anos. Esquisito, mas bastante natural, porque quando as pessoas moram no mesmo país não há necessidade de arranjar encontros com velhas amigas. Presume-se que, mais cedo ou mais tarde, uma delas acabe por encontrar as outras sem maquinação. Contudo, se as pessoas circulam em meios diferentes, isso não acontece. As trajetórias de Jane Marple e Carrie Louise não se cruzavam. Era simples assim.

– Por que você está preocupada com Carrie Louise, Ruth? – Miss Marple perguntou.

– De certa maneira, isso é o que mais me preocupa! Eu simplesmente não sei.

– Ela está doente?

– Ela é muito frágil... sempre foi. Eu não diria que ela tem andado pior do que de costume, considerando-se que está entrando em anos tanto quanto todas nós.

– Infeliz?

– Ah, *não*.

Não, não seria isso, Miss Marple pensou. Seria difícil imaginar Carrie Louise infeliz – no entanto, decerto ela passara por momentos tristes em sua vida. Só que... a imagem não se formava com nitidez. Perplexa... sim; incrédula... sim; mas uma mágoa violenta... não.

As palavras da sra. Van Rydock vieram de modo pertinente.

– Carrie Louise – ela disse – sempre viveu completamente no mundo da lua. Não sabe nada da vida. Talvez seja *isso* o que me preocupa.

– As circunstâncias dela... – Miss Marple começou e logo parou, sacudindo a cabeça. – Não – ela disse.

– Não, é ela mesma – falou Ruth Van Rydock. – De nós duas, Carrie Louise foi sempre aquela que tinha ideais. É claro que estava na moda ter ideais quando éramos jovens... não havia quem não os tivesse, era muito adequado para jovens moças. Você ia cuidar de leprosos, Jane, e eu ia ser uma freira. A gente supera todos esses disparates. O casamento, acho que dá para dizer, arranca esses ideais da nossa cabeça. Mesmo assim, levando tudo em conta, não me saí mal na questão do casamento.

Miss Marple pensou que Ruth estivesse se expressando com modéstia. Ruth se casara três vezes, sempre com homens extremamente ricos, e os divórcios resultantes haviam aumentado seu saldo bancário sem azedar nem um pouco sua disposição.

– É claro – disse a sra. Van Rydock –, sempre fui durona. As coisas não me abalam. Nunca esperei demais da vida e certamente não esperei demais dos homens... e me saí muito bem nisso... e sem guardar rancores. Tommy e eu continuamos excelentes amigos, e Julius volta e meia pede minha opinião sobre o mercado... – seu rosto ficou sombrio. – Acho que isso é o que me preocupa em relação a Carrie Louise... ela sempre teve uma tendência, sabe, de se casar com *excêntricos.*

– Excêntricos?

– Gente com ideais. Carrie Louise sempre foi uma presa fácil nos ideais. Lá ficava ela, linda como Deus a fez, tendo apenas dezessete anos e ouvindo com olhos maiores do que um pires o velho Gulbrandsen discursando sobre seus planos para a raça humana. Um sujeito com mais de cinquenta, e Carrie Louise se casou com ele, um viúvo com uma família de crianças crescidas... tudo por causa das ideias filantrópicas dele. Ela costumava ficar sentada, ouvindo as palavras do velho fascinada. Exatamente como Desdêmona e Otelo. Só que por sorte não houve nenhum Iago por perto para complicar as coisas... e Gulbrandsen, de todo modo, não era de cor. Era um sueco, ou um norueguês, ou algo assim.

Miss Marple assentiu com a cabeça, pensativa. O nome Gulbrandsen tinha uma importância internacional. Um homem que, com grande perspicácia empresarial e perfeita honestidade, acumulara uma fortuna colossal cujo emprego, na verdade, exigia como única solução a filantropia. O nome ainda mantinha um ar de importância. O Fundo Gulbrandsen, as Bolsas de Pesquisa Gulbrandsen, os Albergues de Tratamento Gulbrandsen e, o mais conhecido entre todos, o vasto Centro Educativo para os filhos de operários.

– Carrie Louise não se casou com ele por dinheiro, sabe? – disse Ruth. – *Eu* teria feito isso, se chegasse a ter me casado com o sujeito. Mas Carrie Louise não. Não sei o que poderia ter acontecido se o homem não tivesse morrido quando ela estava com 32. Trinta e dois é uma ótima idade para uma pessoa ficar viúva. Ela já é experiente, mas ainda é capaz de se adaptar.

A solteirona, ouvindo-a, concordava suavemente com a cabeça enquanto a mente tentava rememorar viúvas que conhecera no vilarejo de St. Mary Mead.

– Eu realmente fiquei mais feliz por Carrie Louise quando ela estava casada com Johnnie Restarick. É claro que *ele* se casou com Carrie Louise pelo dinheiro dela... ou, se não foi exatamente isso, de qualquer modo ele não teria casado se ela não tivesse dinheiro nenhum. Johnnie era um vagabundo egoísta, preguiçoso, obcecado pelo prazer, mas isso é bem mais seguro do que um excêntrico. Tudo que Johnnie queria era viver na moleza. Queria que Carrie Louise se valesse das melhores costureiras, tivesse iates e carros e se divertisse com ele. Esse tipo de homem é tão absolutamente *seguro*... Basta você lhe dar conforto e luxo que ele ronrona como um gato e vira um companheiro totalmente encantador. Nunca levei muito a sério aquela coisa teatral dele, de cenografia. Mas Carrie Louise vibrava com aquilo... via tudo aquilo como Arte, com *A* maiúsculo, e realmente o forçou a voltar àquele ambiente, e aí aquela iugoslava tenebrosa o agarrou e simplesmente o arrebatou para longe. Na verdade ele não queria ir. Se Carrie Louise tivesse esperado e sido sensata, o homem teria voltado para ela.

– Ela sofreu muito? – Miss Marple perguntou.

– Isso é que foi engraçado. Eu de fato acredito que não. Sua reação diante de tudo foi absolutamente adorável... mas não poderia ser diferente. Ela *é* adorável. Ficou bem ansiosa para obter o divórcio, de modo que ele pudesse se casar com aquela criatura. E se ofereceu para cuidar em seu lar dos dois filhos do primeiro casamento dele porque seria uma moradia mais fixa. Então Johnnie ficou nessa situação... *precisou* se casar com a mulher, ela lhe proporcionou seis meses pavorosos e então, num ataque de fúria, se jogou de um precipício com ele num carro. *Disseram* que foi um acidente, mas *eu* acho que foi só raiva!

A sra. Van Rydock fez uma pausa, levantou um espelho e contemplou seu rosto de modo perscrutador. Pegou uma pinça e arrancou um fio de sobrancelha.

– E o que faz a seguir a nossa Carrie Louise senão se casar com certo Lewis Serrocold? Outro excêntrico! Outro homem com ideais! Ah, não digo que não seja devotado a ela... acho que é... mas tem a mesma mania de querer melhorar a vida de todo mundo por conta própria. E francamente, claro, ninguém pode fazer isso, a não ser a própria pessoa.

– Será? – retrucou Miss Marple.

– No entanto, é óbvio, existe uma moda nessas coisas bem como existe nas roupas. (Minha querida, você já viu o que Christian Dior está tentando nos fazer usar em matéria de saias?) Onde eu estava? Ah, sim, Moda. Pois bem, há uma moda na filantropia também. No tempo de Gulbrandsen costumava ser a educação. Mas isso já está ultrapassado. O Estado entrou em cena. Todo mundo espera como um direito adquirido a educação...

e não lhe dão nenhuma importância quando a ganham! A delinquência juvenil... essa é a febre hoje em dia. Todos esses criminosos jovens e criminosos em potencial. Todos estão enfeitiçados por eles. Você devia ver os olhos de Lewis Serrocold brilhando por trás daqueles óculos grossos dele. Louco de entusiasmo! Um desses homens com enorme força de vontade que gostam de viver à base de uma banana e um pedaço de torrada e de concentrar todas as energias numa única Causa. E Carrie Louise engole tudo... como sempre fez. Mas eu não estou gostando disso, Jane. Eles fizeram reuniões com os Curadores e a casa toda está transformada em função dessa nova ideia. Virou agora um centro de treinamento para esses criminosos juvenis, com direito a psiquiatras e psicólogos e tudo mais. E lá estão Lewis e Carrie Louise, morando ali, cercados por aqueles garotos... que talvez não sejam de todo normais. E o lugar lotado de terapeutas ocupacionais e professores e entusiastas, metade *deles* completamente loucos. Um bando de excêntricos, todos eles, e a minha pequena Carrie Louise no meio daquilo tudo!

Ela fez uma pausa – e olhou com desalento para Miss Marple.

Miss Marple falou com uma voz levemente intrigada:

– Mas você não me disse ainda, Ruth, do que é, de fato, que está com medo.

– Repito que não *sei*! E *isso* é o que me preocupa. Acabei de passar por lá... para uma visita relâmpago. E senti o tempo todo que havia algo de errado. Na atmosfera... na casa... eu sei que não estou enganada. Sou sensível à atmosfera, sempre fui. Por acaso eu já lhe contei como insisti para que Julius vendesse a Amalgamated Cereals antes da chegada do colapso? E eu não estava com razão? Sim, algo está *errado* por lá. Mas não sei o motivo ou o que é... se são aqueles tenebrosos trombadinhas... ou se é o casal mesmo. Não sei dizer o que é. Lewis fica simplesmente vivendo em nome de suas ideias e sem perceber mais nada, e Carrie Louise, abençoada seja, nunca enxerga ou ouve ou pensa qualquer coisa com exceção do que for uma visão adorável, ou um som adorável, ou um pensamento adorável. Isso é uma doçura, mas não é *prático.* O mal é uma coisa que *existe*... e eu quero que você, Jane, vá até lá o quanto antes para descobrir exatamente qual é o problema.

– Eu? – exclamou Miss Marple. – Por que eu?

– Porque você tem faro para esse tipo de coisa. Sempre teve. Você sempre foi uma criatura doce com ar inocente, Jane, e o tempo todo, no íntimo, nada jamais a deixou surpresa, você sempre acredita no pior.

– O pior é tantas vezes verdadeiro... – Miss Marple murmurou.

– Por que você tem uma ideia tão pessimista da natureza humana, isso eu não consigo imaginar... morando naquele seu vilarejo adorável e pacato, tão antiquado e puro.

– Você nunca morou num vilarejo, Ruth. As coisas que acontecem num vilarejo puro e pacato provavelmente a deixariam surpresa.

– Ah, ouso dizer que sim. Mas o meu ponto é que elas não deixam *você* surpresa. Então você *vai* até Stonygates para descobrir o que há de errado, não vai?

– Mas, minha querida Ruth, isso seria uma coisa das mais difíceis.

– Não, não seria. Já pensei em tudo. Espero que você não fique furiosa comigo, mas já preparei o terreno.

A sra. Van Rydock fez uma pausa, olhou com certa inquietação para Miss Marple, acendeu um cigarro e se lançou com certo nervosismo a uma explicação.

– Você terá de admitir, tenho certeza, que as coisas andam difíceis neste país, desde a guerra, para pessoas com pequenas rendas... isto é, para pessoas como você, Jane.

– Ah, sim, é verdade. Não fosse a bondade, a realmente imensa bondade do meu sobrinho Raymond, de fato não sei como eu estaria a esta altura.

– O seu sobrinho não importa – disse a sra. Van Rydock. – Carrie Louise não sabe nada sobre o seu sobrinho... ou, se sabe, deve conhecê-lo como escritor, sem ter a menor ideia de que seja o seu sobrinho. A questão, como eu falei para Carrie Louise, é que a nossa querida Jane está passando por uma situação simplesmente péssima. Às vezes, inclusive, mal tem o que comer, e, claro, é orgulhosa demais para recorrer às velhas amigas. Não se poderia, eu disse, sugerir *dinheiro*... mas um belo e longo descanso num ambiente adorável, com uma velha amiga e com abundância de comida nutritiva, sem quaisquer deveres ou preocupações...

Ruth Van Rydock se calou e então acrescentou, desafiante:

– Agora vá em frente... fique furiosa comigo se quiser.

Miss Marple abriu, com leve surpresa, seus olhos de porcelana azul.

– Mas por que motivo eu ficaria furiosa com você, Ruth? É uma estratégia muito engenhosa e plausível. Estou certa de que Carrie Louise respondeu.

– Ela ficou de lhe escrever. Você vai encontrar a carta quando voltar. Falando sério, Jane, você não acha que tomei uma liberdade imperdoável? Você não vai se importar...

Ela hesitou e Miss Marple traduziu habilmente seus pensamentos em palavras:

– Em ir a Stonygates por caridade... mais ou menos sob um pretexto falso? Nem um pouco... se for *necessário*. Você acha que é necessário... e eu me inclino a concordar com você.

A sra. Van Rydock fitou-a com olhos arregalados.

– Mas por quê? O que você ficou sabendo?

– Não fiquei sabendo de nada. É só a sua convicção. Você não é uma mulher fantasiosa, Ruth.

– Não, mas não tenho nada de definido como ponto de partida.

– Eu me lembro – disse Miss Marple pensativa – de um domingo de manhã na igreja... era o segundo domingo do Advento... eu estava sentada atrás de Grace Lamble e me sentindo cada vez mais preocupada com ela. Eu tinha bastante certeza, sabe, de que algo estava errado... terrivelmente errado... mas me sentia bastante incapaz de dizer por quê. Uma sensação das mais perturbadoras e muito, muito definida.

– E havia algo de errado?

– Sem dúvida. O pai dela, o velho almirante, por certo tempo já vinha se comportando de um modo *muito* estranho e justamente no dia seguinte atacou-a com a picareta, berrando que ela era o Anticristo disfarçado de filha dele. Por pouco não a matou. Foi internado no hospício, e Grace acabou se recuperando depois de meses no hospital... mas escapou por um fio.

– E você efetivamente teve uma premonição naquele dia na igreja?

– Eu não chamaria de premonição. Tinha base num *fato*... essas coisas geralmente têm, embora na hora você nem sempre reconheça isso. Ela estava usando seu chapéu domingueiro virado para trás. Muito significativo, de fato, porque Grace Lamble era uma mulher muitíssimo meticulosa, nem um pouco desleixada ou distraída... e as circunstâncias sob as quais ela não notaria o lado para o qual estava virado seu chapéu quando fosse à igreja eram, de fato, extremamente limitadas. Seu pai, veja bem, havia jogado nela um peso de papel de mármore que estilhaçara o espelho. Ela pegara o chapéu e o colocara na cabeça e saíra correndo de casa, ansiosa para manter as aparências e para que os empregados não tomassem conhecimento de nada. Ela tratava esses ataques, veja bem, como decorrência da "rabugice naval do querido papai", não se dava conta de que o cérebro do almirante estava definitivamente desvairado, muito embora devesse ter se dado conta disso com total clareza. O almirante ficava sempre se queixando para ela de ser espionado e de inimigos... todos os sintomas habituais, de fato.

A sra. Van Rydock contemplou sua amiga com respeito.

– Talvez, Jane – ela disse –, esse seu St. Mary Mead não seja exatamente o refúgio idílico que eu sempre tive em mente.

– A natureza humana, querida, é bastante igual em todos os lugares. Só é mais difícil observá-la de perto numa cidade, isso é tudo.

– E você vai para Stonygates?

– Vou para Stonygates. Um pouco injusto, talvez, com o meu sobrinho Raymond. Deixar pensarem que ele não me ajuda, quero dizer. Em todo caso, o querido rapaz está no México para uma estadia de seis meses. E, passado esse tempo, tudo já estará terminado.

– O que é que já estará terminado?

– O convite de Carrie Louise dificilmente será para uma permanência indefinida. Três semanas, talvez... um mês. Deve dar tempo de sobra.

– Para você descobrir o que há de errado?

– Para eu descobrir o que há de errado.

– Nossa, Jane – disse a sra. Van Rydock –, você tem bastante confiança em si mesma, não?

Miss Marple exibiu um semblante levemente reprovador.

– *Você* tem confiança em mim, Ruth. Ao menos é o que você diz... Só posso lhe assegurar que tentarei justificar a sua confiança.

Capítulo 2

Antes de pegar o trem de volta para St. Mary Mead (no retorno mais barato das quartas-feiras), Miss Marple, de forma precisa e metódica, coletou alguns dados.

– Carrie Louise e eu nos correspondemos de certa maneira, mas tem sido em grande medida uma questão de cartões de Natal ou datas especiais. Eu só gostaria de conhecer os fatos, minha querida Ruth... e também ter alguma ideia de quem exatamente vou encontrar na casa em Stonygates.

– Bem, você sabe do casamento de Carrie Louise com Gulbrandsen. Os dois não tiveram filhos, e Carrie Louise levava isso muito a sério. Gulbrandsen era viúvo e tinha três filhos crescidos. Com o tempo, eles adotaram uma menina. Deram-lhe o nome de Pippa... uma criaturinha encantadora. Tinha só dois anos de idade quando ficaram com ela.

– De onde ela veio? Quais eram os antecedentes dela?

– Agora, Jane, eu realmente não consigo me lembrar... quer dizer, se é que eu alguma vez soube. Uma instituição de adoção, talvez? Ou certa criança indesejada sobre a qual Gulbrandsen tinha ouvido falar. Por quê? Você acha que isso é importante?

– Bem, sempre é bom conhecer os antecedentes, por assim dizer. Mas prossiga, por favor.

– O que aconteceu a seguir foi que Carrie Louise descobriu estar esperando um bebê afinal de contas. Os médicos dizem que isso acontece com muita frequência.

Miss Marple assentiu com a cabeça.

– Acredito que sim.

– De qualquer forma, isso de fato aconteceu, e de uma maneira meio engraçada... Carrie Louise ficou quase desconcertada, se você entende o que eu quero dizer. Algum tempo antes, é claro, ela teria ficado louca de alegria. Sendo como era, ela já tinha devotado tanto amor a Pippa que se sentiu quase no dever de pedir desculpas a Pippa por tirá-la do trono, digamos assim. E aí Mildred, quando chegou, revelou ser realmente uma criança bem pouco graciosa. Puxou aos Gulbrandsen... que eram fortes e valorosos... mas decididamente grosseiros. Carrie Louise era sempre tão ansiosa por não fazer nenhuma diferenciação entre a filha adotiva e sua própria filha que, creio eu, tendia mais a fazer todas as vontades de Pippa e deixar Mildred em segundo plano. Às vezes acho que Mildred se ressentia disso. Seja como for, eu não as via com frequência. Pippa virou uma jovem belíssima e Mildred virou uma jovem feia. Eric Gulbrandsen morreu quando Mildred tinha quinze anos e Pippa, dezoito. Aos vinte, Pippa se casou com um italiano, Marchese di San Severiano... ah, um marquês legítimo... não um aventureiro ou qualquer coisa desse tipo. Ela estava em vias de se tornar uma herdeira (naturalmente, caso contrário San Severiano não teria se casado com ela... você sabe como são os italianos!). Gulbrandsen deixou reservada uma soma igual tanto à própria filha quanto à adotiva. Mildred se casou com um certo cônego Strete... um homem afável, mas propenso a resfriados. Uns dez ou quinze anos mais velho que ela. Um casamento bastante feliz, eu acredito. Ele morreu há um ano e Mildred voltou a Stonygates para morar com a mãe. Mas eu estou avançando rápido demais, pulei um ou dois casamentos. Vou recuar. Pippa se casou com seu italiano. Carrie Louise ficou mais do que contente com o casamento. Guido tinha modos maravilhosos e era muito bonito, e era um ótimo desportista.

Um ano depois, Pippa teve uma filha e morreu no parto. Foi uma tragédia terrível, e Guido San Severiano ficou arrasado. Carrie Louise andou um bocado de lá para cá entre a Itália e a Inglaterra, e foi em Roma que ela conheceu Johnnie Restarick, casando-se com ele. O marquês se casou de novo e se mostrou bastante disposto a deixar que sua pequena filha fosse criada na Inglaterra pela vó riquíssima. Então todos se instalaram em Stonygates, Johnnie Restarick e Carrie Louise, e os dois meninos de Johnnie, Alexis e Stephen (a primeira esposa de Johnnie era russa), mais a pequena Gina. Mildred casou-se com seu cônego logo depois. Então veio todo aquele negócio de Johnnie com a iugoslava e o divórcio. Os meninos continuaram passando as férias em Stonygates e adoravam Carrie Louise, e depois, em 1938, eu creio, Carrie Louise se casou com Lewis.

A sra. Van Rydock fez uma pausa para tomar fôlego.

– Você não conheceu Lewis?

Miss Marple balançou a cabeça.

– Não, acho que vi Carrie Louise pela última vez em 1928. Ela me levou com a maior amabilidade ao Covent Garden... à ópera.

– Ah, sim. Bem, Lewis era uma pessoa muito adequada para se casar com ela. Era diretor de uma firma de contabilistas muito celebrada. Acho que ele a encontrou pela primeira vez em função de algumas questões das finanças do Fundo Gulbrandsen e do Colégio. Era muito bem de vida, tendo praticamente a mesma idade dela, e um homem de vida absolutamente irrepreensível. Mas *era* um excêntrico, absolutamente fanático no assunto da redenção de jovens criminosos.

Ruth Van Rydock suspirou.

– E como eu falei há pouco, Jane, a filantropia está na moda. No tempo de Gulbrandsen, era a educação. Antes disso eram as refeições para os pobres...

Miss Marple concordou com a cabeça.

– Sim, é verdade. Geleia de vinho do Porto e caldo de cabeça de vitela levados para os doentes. Minha mãe costumava fazer isso.

– Isso mesmo. Alimentar o corpo deu lugar para o alimento da mente. Todo mundo ficou louco para educar as classes mais baixas. Bem, isso já passou. Daqui a pouco, eu não duvido, a moda vai ser você não educar os seus filhos, preservar cuidadosamente o analfabetismo deles até os dezoito anos. De qualquer maneira, o Fundo Gulbrandsen e o setor de Educação estavam passando por dificuldades porque o Estado começou a assumir essas funções. Então Lewis apareceu com seu entusiasmo apaixonado pelo treinamento construtivo para delinquentes juvenis. Seu interesse pelo assunto tinha sido despertado no exercício de sua profissão... auditando contas nas quais jovens engenhosos haviam perpetrado fraudes. Foi ficando mais e mais convencido de que os delinquentes juvenis não eram deficientes... de que tinham excelentes cérebros e habilidades e só precisavam de uma orientação correta.

– Existe alguma razão nisso – disse Miss Marple. – Mas não é de todo verdade. Eu me lembro...

Ela se interrompeu e conferiu seu relógio.

– Minha nossa... não posso perder o trem das seis e meia.

Ruth Van Rydock perguntou com urgência:

– E você vai para Stonygates?

Recolhendo a sacola de compras e a sombrinha, Miss Marple falou:

– Se Carrie Louise me convidar...

– Ela vai convidá-la. Você vai? Promete, Jane?

Jane Marple prometeu.

Capítulo 3

Miss Marple desceu do trem na estação de Market Kindle. Um passageiro amável atrás dela lhe alcançou sua mala, e Miss Marple, carregando como podia uma bolsa de rede, uma bolsa de couro desgastada e algumas capas diversas, proferiu animados gorjeios de agradecimento.

– Muito amável da sua parte, sem dúvida... Tão difícil hoje em dia... não há muitos carregadores. Eu fico tão atrapalhada quando viajo...

Os gorjeios foram abafados pelo ruído estrondoso do locutor da estação, que anunciou num tom alto, mas indistinto, que o trem das 15h18 estava parado na Plataforma 1, prestes a seguir para várias estações não identificáveis.

Market Kindle era uma enorme estação vazia e varrida pelo vento na qual mal se viam passageiros ou funcionários. Seu direito à distinção consistia em ter seis plataformas e uma baía na qual um trem muito pequeno de vagão único bufava de modo altivo.

Miss Marple, vestida um tanto mais desmazeladamente do que era seu costume (que sorte não ter passado adiante o velho mosqueado), estava olhando ao redor hesitante, quando um jovem se aproximou.

– Miss Marple? – ele falou.

Sua voz tinha um timbre inesperadamente dramático, como se a enunciação do nome apresentasse as primeiras palavras de um papel que ele estivesse interpretando num teatro amador.

– Vim buscar a senhora... para levá-la a Stonygates.

Miss Marple olhou para ele com gratidão, uma velhinha charmosa com aspecto desamparado e, se acaso ele tivesse reparado, olhos azuis muito astutos. A personalidade do jovem não combinava muito bem com sua voz. Era menos imponente, quase daria para dizer que era insignificante. Suas pálpebras tinham um tique de vibrar com nervosismo.

– Ah, obrigada – disse Miss Marple. – É só esta mala.

Ela percebeu que o jovem não se deu o trabalho de pegar a mala, preferindo chamar com o dedo um carregador que passava por ali transportando alguns caixotes num carrinho.

– Pegue aqui, por favor – ele falou, acrescentando com ar importante –, para Stonygates.

O carregador disse com jovialidade:

– Pode deixar. Só um minutinho.

Miss Marple supôs que seu novo conhecido não devia ter ficado muito contente com aquilo. Era como se o Palácio de Buckingham fosse rebaixado ao nível do número 3 da Laburnum Road.

O jovem falou:

– As ferrovias estão ficando mais impossíveis a cada dia que passa!

Guiando Miss Marple até a saída, apresentou-se:

– Meu nome é Edgar Lawson. A sra. Serrocold me pediu para buscá-la. Eu ajudo o sr. Serrocold no trabalho dele.

Houve de novo uma leve insinuação de que um homem atarefado e importante deixara de lado muito graciosamente certos assuntos relevantes por uma questão de cavalheirismo com a mulher de seu empregador.

E de novo a impressão não era totalmente convincente – transparecia um sabor teatral.

Miss Marple começou a especular sobre Edgar Lawson.

Os dois saíram da estação e Edgar guiou a velha dama para o lugar no qual se via um Ford V-8 um tanto velho.

Ele mal perguntara: “A senhorita irá na frente comigo ou prefere o banco de trás?”, quando houve uma distração.

Um Rolls Bentley de dois lugares, brilhando de tão novo, veio roncando pelo pátio da estação e parou na frente do Ford. Uma jovem belíssima saltou do carro e se aproximou dos dois. O fato de que usava uma calça suja de veludo cotelê e uma camisa simples aberta no pescoço parecia, de certa forma, realçar que ela era não apenas bela, mas também dispendiosa.

– Eis você aí, Edgar. Pensei que eu não conseguiria chegar a tempo. Vejo que já está com Miss Marple. Eu vim encontrá-la.

Ela lançou um sorriso deslumbrante para Miss Marple, exibindo uma fileira de dentes adoráveis num rosto sulista bronzeado.

– Meu nome é Gina – disse. – Neta de Carrie Louise. Como foi sua viagem? Simplesmente abominável? Que bela bolsa... *Adoro* bolsas de rede. Vou carregá-la, e os casacos também, e aí a senhorita vai conseguir entrar com mais facilidade.

O rosto de Edgar ficou corado. Ele protestou.

– Ouça uma coisa, Gina, eu vim buscar Miss Marple. Já estava tudo combinado...

Os dentes cintilaram outra vez naquele sorriso amplo e preguiçoso.

– Ah, eu sei, Edgar, mas de repente achei que seria bom se eu aparecesse. Vou levá-la comigo e você pode esperar para trazer a bagagem.

A jovem bateu a porta para Miss Marple, correu até o outro lado do carro, saltou no assento do motorista e as duas arrancaram com agilidade rumo à saída da estação.

Olhando para trás, Miss Marple captou o semblante de Edgar Lawson.

– Não creio, minha querida – ela disse –, que o sr. Lawson esteja muito contente.

Gina riu.

– Edgar é um maldito idiota – falou. – Sempre tão pomposo com tudo... Até parece que ele tem alguma *importância*!

Miss Marple perguntou:

– E ele não tem importância?

– Edgar? – havia uma nota inconsciente de crueldade na risada desdenhosa de Gina. – Ah, seja como for, ele não bate bem.

– Não bate bem?

– Ninguém bate bem em Stonygates – disse Gina. – Não quero dizer Lewis e a grã-vó e eu e os meninos... e nem a srta. Bellever, é claro. Mas os outros. Às vezes eu sinto que *eu* mesma estou começando a não bater bem só por morar lá. Até a tia Mildred sai para fazer caminhadas e resmunga sozinha o tempo todo... e não se espera que a viúva de um cônego faça isso, se espera?

Elas se afastaram da entrada da estação e aceleraram pela superfície macia da estrada deserta. Gina disparou um breve olhar de soslaio para a companheira.

– A senhorita foi colega de escola da grã-vó, não foi? Isso parece tão esquisito...

Miss Marple sabia perfeitamente o que ela queria dizer. No entender da juventude, parece muito estranho pensar que a velhice foi certa vez jovem, com tranças no cabelo, enfrentando decimais e literatura inglesa.

– Decerto – disse Gina, com reverência na voz e obviamente não querendo ser rude – deve fazer *muito* tempo.

– Sim, de fato – falou Miss Marple. – Você sente isso mais comigo do que com a sua vó, eu imagino...

Gina confirmou com a cabeça.

– É um amor a senhorita dizer isso. A grã-vó, sabe, transmite uma sensação curiosa de não ter idade.

– Faz muito tempo que não a vejo. Será que vou achá-la muito diferente?

– O cabelo dela está grisalho, é claro – Gina disse vagamente. – E anda de bengala por causa da artrite. Piorou bastante nos últimos tempos. Imagino que... – ela se interrompeu e depois perguntou: – A senhorita já esteve em Stonygates?

– Não, nunca. Já ouvi falar bastante a respeito, é claro.

– É bem medonho, falando sério – Gina falou com animação. – Uma espécie de monstruosidade gótica. O que Steve chama de Melhor Estilo Sanitário Vitoriano. Mas também é divertido, de certa maneira. Só que naturalmente tudo é feito com uma seriedade louca, e você tropeça em psiquiatras por todos os cantos. Todos se divertindo loucamente. Quase como se fossem chefes de escoteiros, mas pior. Os jovens criminosos são umas fofuras, alguns deles. Um me ensinou a abrir fechaduras com um pedaço de arame e um garoto de rosto angelical me deu várias dicas sobre como dar pauladas nas pessoas.

Miss Marple considerou essa informação de modo pensativo.

– É dos assassinos que eu gosto mais – disse Gina. – Pelos esquisitos eu não tenho muita simpatia. É claro que Lewis e o dr. Maverick pensam que *todos* são esquisitos... quero dizer, pensam que são desejos reprimidos e uma vida familiar desordenada, as mães fugindo com soldados e tudo isso. Eu realmente não vejo dessa maneira, porque algumas pessoas tiveram vidas familiares horríveis e mesmo assim deram um jeito de ficar bastante bem.

– Estou certa de que isso tudo deve ser um problema muito difícil – disse Miss Marple.

Gina riu, de novo mostrando seus dentes magníficos.

– Isso não me preocupa muito. Acho que algumas pessoas têm essa espécie de impulso para fazer do mundo um lugar melhor. Lewis é completamente doido por essa coisa toda... ele está indo para Aberdeen na semana que vem porque vai haver um caso no tribunal de polícia... um garoto que já foi sentenciado cinco vezes.

– E o jovem que me pegou na estação? O sr. Lawson. Trabalha com o sr. Serrocold, segundo me contou. É o secretário dele?

– Ah, Edgar não tem inteligência suficiente para ser um secretário. Ele é um paciente, na verdade. Costumava se hospedar em hotéis e fingir que era um condecorado da Cruz Vitória ou piloto de combate e pedia dinheiro emprestado para então desaparecer. Acho que ele é só um patife. Mas Lewis submete todos eles a uma rotina. Faz com que se sintam integrantes da família e lhes dá trabalhos para fazer e tudo mais, de modo a incentivar o senso de responsabilidade. Ouso dizer que um dia desses vamos ser assassinados por um deles.

Gina riu alegremente.

Miss Marple não riu.

Elas entraram por um portão imponente, onde um porteiro fazia função de sentinela numa imobilidade militar, e subiram por um caminho ladeado por rododendros. O caminho se mostrava malcuidado e o terreno parecia negligenciado.

Interpretando o olhar de sua companheira, Gina disse:

– Não havia jardineiros durante a guerra, e desde então não nos preocupamos mais. Mas de fato a aparência é bem terrível.

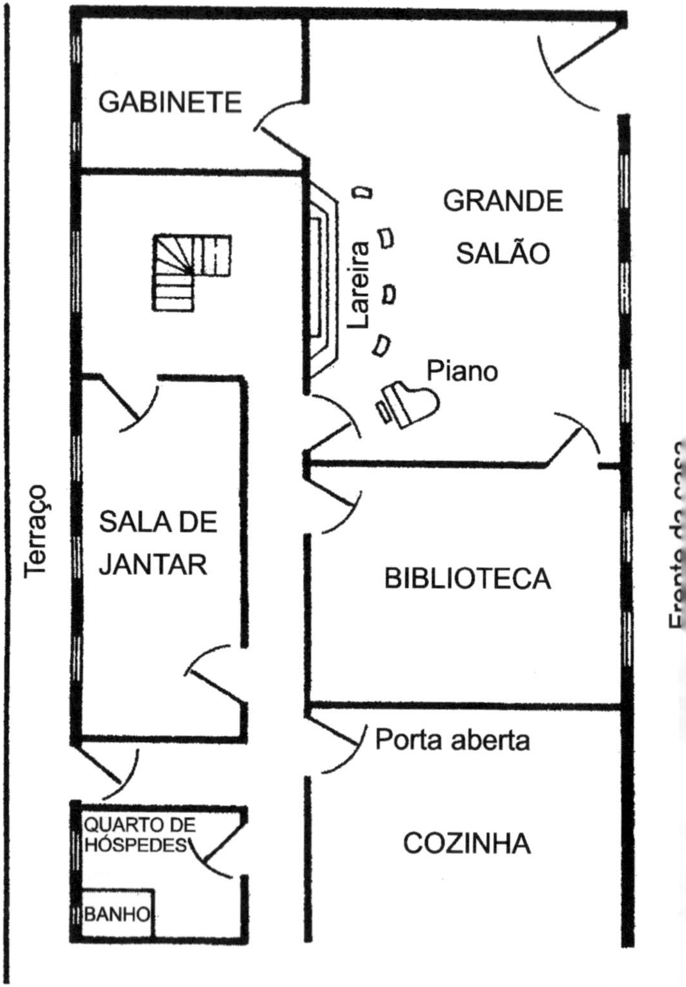

PLANTA DE STONYGATES

Elas contornaram uma curva e Stonygates apareceu em seu total esplendor. Tratava-se, como Gina dissera, de uma enorme construção em gótico vitoriano – uma espécie de templo da plutocracia. A filantropia lhe acrescentara várias alas e prédios anexos que, embora não fossem definitivamente diferentes no estilo, roubavam da estrutura como um todo qualquer coesão ou propósito.

– Horrendo, não é? – Gina comentou num tom afetuoso. – Lá está a grã-vó no terraço. Vou parar aqui, a senhora pode ir ao encontro dela.

Miss Marple avançou pelo terraço na direção de sua velha amiga.

A distância, a figura pequena e esguia parecia curiosamente juvenil, apesar da bengala na qual se apoiava e do progresso lento e obviamente bastante penoso. Era como se uma menina estivesse fazendo uma imitação exagerada da velhice.

– Jane – disse a sra. Serrocold.

– Minha querida Carrie Louise.

Sim, inequivocamente Carrie Louise. Inalterada de um modo estranho, ainda jovem de um modo estranho, embora, ao contrário da irmã, não usasse cosméticos ou meios artificiais para manter a juventude. Seu cabelo estava grisalho, mas sempre tinha sido de um louro prateado, e a cor mudara muito pouco. Sua pele ainda exibia um aspecto rosado e branco de pétala de rosa, embora fosse agora uma pétala de rosa enrugada. Seus olhos mantinham a expressão de inocência cintilante. Ela tinha o corpo esguio e juvenil de uma garota, e a cabeça conservava sua ávida inclinação de pássaro.

– Eu de fato me culpo – Carrie Louise falou com sua voz doce – por ter deixado passar tanto tempo. Por *anos* eu não a vi, minha querida Jane. É simplesmente adorável que você tenha vindo nos visitar aqui afinal.

Da extremidade do terraço, Gina gritou:

– É melhor entrar, grã-vó. Está ficando frio... e Jolly vai ficar furiosa.

Carrie Louise soltou sua risadinha estridente.

– Todo mundo faz tanto alvoroço por minha causa – ela disse. – Ficam esfregando na minha cara que eu sou velha.

– E você não se sente velha.

– Não, não me sinto, Jane. Apesar de todas as minhas dores e aflições, que não me faltam. Por dentro eu continuo me sentindo uma mocinha como Gina. Talvez todas as pessoas se sintam assim. Os espelhos lhes mostram o quanto são velhas e elas simplesmente não acreditam. Parece que foi poucos meses atrás que nós estivemos em Florença. Você se lembra de Fraulein Schweich e suas botas?

As duas idosas riram juntas de acontecimentos que haviam se passado quase meio século antes.

Elas caminharam juntas até uma porta lateral. No vão da porta, foram recebidas por uma mulher magra e idosa. Ela tinha um nariz arrogante, cabelos curtos, e usava um conjunto de tweed grosso e bem talhado. Falou com ferocidade:

– É uma loucura total da sua parte, Cara, ficar ao ar livre nessa hora tardia. Você é absolutamente incapaz de se cuidar. O que dirá o sr. Serrocold?

– Não me repreenda, Jolly – Carrie Louise suplicou.

Ela apresentou a srta. Bellever para Miss Marple.

– Esta é a srta. Bellever, que é simplesmente tudo para mim. Enfermeira, dragão, cão de guarda, secretária, governanta e amiga muito fiel.

Juliet Bellever fungou, e a ponta de seu grande nariz ficou bastante rosada, um sinal de emoção.

– Eu faço o que posso – ela disse com rispidez. – Esta casa é uma loucura. Você simplesmente não consegue organizar qualquer tipo de rotina planejada.

– Minha querida Jolly, é claro que ninguém consegue. Não sei por que você ainda tenta. Onde vai colocar Miss Marple?

– No Quarto Azul. Devo levá-la para cima? – perguntou a srta. Bellever.

– Sim, por favor, Jolly. E depois desça com ela para o chá.

– O chá é na biblioteca hoje, eu acho.

O Quarto Azul tinha cortinas pesadas de um opulento brocado azul desbotado que já deviam ter, Miss Marple pensou, uns cinquenta anos de idade. Os móveis eram de mogno, grandes e sólidos, e a cama de mogno com quatro colunas era enorme. A srta. Bellever abriu a porta para um banheiro adjacente. O banheiro era inesperadamente moderno, numa coloração de orquídea e com um deslumbramento de cromo por toda parte.

Ela observou num tom sombrio:

– John Restarick mandou instalar dez banheiros na casa quando se casou com Cara. O encanamento é praticamente a única coisa que jamais foi modernizada. Ele nem quis ouvir falar de alterações no resto... dizia que a casa toda era uma perfeita obra de época. A senhora chegou a conhecê-lo?

– Não, nós nunca nos encontramos. A sra. Serrocold e eu nos encontrávamos bem raras vezes, embora sempre tenhamos nos correspondido.

– Ele era um sujeito agradável – disse a srta. Bellever. – Não prestava, é claro! Não prestava para nada. Um patife completo. Mas uma companhia encantadora na casa. Um grande charme. As mulheres gostavam dele até demais. Foi o que acabou com ele no final. Não era realmente o tipo de Cara.

Retomando bruscamente seu modo prático, acrescentou:

– A criada irá desfazer as suas malas. A senhora deseja se lavar antes do chá?

Recebendo uma resposta afirmativa, disse que Miss Marple a encontraria esperando-a no topo da escada.

Miss Marple entrou no banheiro, lavou as mãos e as enxugou com algum nervosismo numa belíssima toalha de rosto cor de orquídea. Então tirou o chapéu e ajeitou seus macios cabelos brancos.

Abrindo a porta do quarto, viu a srta. Bellever esperando-a e foi conduzida rumo ao andar de baixo pela grande escada sombria, atravessando um vasto corredor escuro para então entrar numa sala na qual estantes de livros alcançavam o teto e uma grande janela dava vista para um lago artificial.

Carrie Louise estava parada junto à janela, e Miss Marple foi ao seu encontro.

– Esta casa é imponente demais – disse Miss Marple. – Eu me sinto um tanto perdida nela.

– Sim, eu sei. É ridículo mesmo. Ela foi construída por um próspero barão do ferro... ou algo desse tipo. O homem faliu não muito tempo depois. Não fico admirada mesmo. Havia umas catorze salas de estar... todas enormes. Nunca entendi o que as pessoas *podem* querer com mais do que uma sala. E todos esses quartos imensos... Tanto espaço desnecessário... O meu é incrivelmente sobrepujante... e uma bela distância para caminhar da cama até a penteadeira! E grandes cortinas pesadas em carmesim escuro.

– Você não mandou modernizar e redecorar?

Carrie Louise pareceu ficar vagamente surpresa.

– Não. De um modo geral, ela está bem como era quando comecei a morar aqui com Eric. Foi repintada, é claro, mas sempre usam a mesma cor. Essas coisas realmente não têm importância, certo? Quero dizer, eu não teria visto sentido em gastar rios de dinheiro nesse tipo de coisa quando existem tantas outras muito mais importantes.

– Não houve quaisquer mudanças na casa?

– Ah... sim... mudanças aos montes. Nós simplesmente mantivemos uma espécie de bloco no meio da casa tal como era... o Grande Salão e os aposentos em volta. São os melhores e Johnnie, o meu segundo marido, fazia uma ideia poética deles e disse que nunca deveriam ser tocados ou alterados... e, é claro, ele era um artista, um desenhista de cenários, e entendia dessas coisas. Mas as alas leste e oeste foram completamente remodeladas. Todos os aposentos foram repartidos e divididos, de modo que temos escritórios e dormitórios para os professores e tudo mais. Os garotos ficam todos no prédio do colégio... daqui você consegue ver.

Miss Marple olhou para o ponto no qual amplas construções de tijolo vermelho se mostravam por entre um cinturão de árvores copadas. Então seu olhar recaiu em algo mais próximo, e ela sorriu um pouco.

– Que moça linda Gina é – comentou.

O rosto de Carrie Louise se iluminou.

– Sim, não é mesmo? – ela retrucou num tom suave. – É tão encantador tê-la de novo aqui. Eu a mandei para os Estados Unidos no começo da guerra... para Ruth. Ruth chegou a falar dela em algum momento?

– Não. Só uma menção passageira.

Carrie Louise suspirou.

– Pobre Ruth! Ela ficou muitíssimo aborrecida com o casamento de Gina. Mas eu lhe falei várias e várias vezes que não a culpo nem um pouco. Ruth não percebe, ao contrário de mim, que as velhas barreiras e pedras de toque das classes sociais não existem mais... ou, de qualquer modo, estão deixando de existir. Gina trabalhava nos esforços de guerra... e conheceu certo jovem. Era fuzileiro naval e tinha um ótimo histórico de combate. E uma semana depois os dois estavam casados. Foi tudo rápido demais, é claro, sem tempo para descobrir se eles realmente eram feitos um para o outro... mas é assim que as coisas funcionam hoje em dia. A juventude pertence a uma nova geração. Podemos pensar que os jovens cometem muitos atos insensatos, mas precisamos aceitar suas decisões. Ruth, no entanto, ficou muitíssimo aborrecida.

– Não considerou o jovem adequado?

– Ficava dizendo que ninguém sabia nada sobre o jovem. Ele vinha do centro-oeste, não tinha nenhum dinheiro e, naturalmente, nenhuma profissão. Existem centenas de garotos assim por todos os cantos... mas não era o que Ruth achava certo para Gina. Entretanto, não havia como voltar atrás. Fiquei tão contente quando Gina aceitou o meu convite de vir para cá com o marido. Há tanta coisa acontecendo aqui... trabalhos de todo tipo... e, se Walter quiser se especializar em medicina ou tirar um diploma ou qualquer coisa, poderá fazê-lo neste país. Afinal de contas, esta é a casa de Gina. É um deleite tê-la de volta, ter uma pessoa tão calorosa e cheia de vida e de alegria na casa.

Miss Marple anuiu com a cabeça e olhou pela janela de novo para os dois jovens parados perto do lago.

– Eles formam um casal incrivelmente bonito, também – ela disse. – Não me admira que Gina tenha se apaixonado por ele!

– Ah, mas aquele... aquele não é Wally.

Houve muito subitamente um toque de constrangimento, ou de contenção, na voz da sra. Serrocold.

– Aquele é Steve... o mais novo dos dois meninos de Johnnie Restarick. Quando Johnnie... quando ele foi embora, ele não tinha lugar para os meninos durante as férias, de modo que eu sempre fiquei com eles aqui. Os dois consideram isto aqui como se fosse o lar deles. E agora Steve fica permanentemente aqui. Dirige o nosso ramo dramático. Nós temos um teatro, sabe, com peças... incentivamos todos os instintos artísticos. Lewis costuma dizer que grande parte da delinquência juvenil decorre do exibicionismo, a maioria dos garotos teve uma vida familiar muito frustrada e infeliz, e esses assaltos e arrombamentos fazem com que eles se sintam heróis. Nós estimulamos os rapazes a escrever suas próprias peças e atuar nelas e projetar e pintar seus próprios cenários. Steve é quem se encarrega do teatro. Ele é tão ardoroso e entusiasmado... É maravilhoso ver a vida que ele infunde no negócio todo.

– Entendo – Miss Marple falou devagar.

Sua visão de longo alcance era boa (como sabiam à própria custa muitos de seus vizinhos no vilarejo de St. Mary Mead), e ela via com muita clareza o rosto bonito e moreno de Stephen Restarick parado de frente para Gina, falando com avidez. O rosto de Gina ela não conseguia ver, uma vez que a jovem estava de costas, mas não havia como tirar uma conclusão errada da expressão do rosto de Stephen Restarick.

– Não é da minha conta – disse Miss Marple –, mas imagino que você já tenha percebido, Carrie Louise, que o jovem está apaixonado por ela.

– Ah, não... – Carrie Louise pareceu ficar perturbada. – Ah, não, espero mesmo que não.

– Você sempre viveu com a cabeça nas nuvens, Carrie Louise. Não há nem sombra de dúvida.

Capítulo 4

I

Antes que a sra. Serrocold pudesse dizer qualquer coisa, seu marido entrou pela porta do salão com algumas cartas abertas na mão.

Lewis Serrocold era um homem baixo, não particularmente impressionante na aparência, mas com uma personalidade que o destacava de imediato. Ruth certa vez dissera que ele parecia mais um dínamo do que um ser humano. Costumava se concentrar por inteiro naquilo que ocupava imediatamente seu interesse, sem prestar a menor atenção aos objetos ou às pessoas que os cercassem.

– Um soco no estômago, meu bem – ele disse. – Aquele garoto, Jackie Flint. De novo aprontando. E eu realmente achava que dessa vez ele desejaria seguir o bom caminho se tivesse uma oportunidade decente. O garoto estava muito empolgado. Você sabe que descobrimos que ele sempre adorou ferrovias... e tanto Maverick como eu pensamos que, caso arranjasse um emprego nessa área, ele acabaria se apegando ao trabalho e se daria bem. Mas é a mesma história. Pequenos roubos no escritório das encomendas. Não eram nem mesmo coisas que ele pudesse querer ou vender. Isso demonstra que *só pode* ser psicológico. Ainda não chegamos de fato à raiz do problema. Mas eu não vou desistir.

– Lewis... esta é a minha velha amiga Jane Marple.

– Ah, como vai? – disse o sr. Serrocold distraído. – Fico muito contente... vão colocá-lo na justiça, é claro. Um rapaz bom; além disso, não tem um cérebro muito privilegiado, mas realmente um garoto bom. Veio de uma situação familiar indescritível. Eu...

De súbito ele se interrompeu, e o dínamo direcionou suas energias à hóspede.

– Ora, Miss Marple, é um enorme prazer para mim que a senhorita tenha vindo ficar por uns tempos. Fará uma diferença tão grande para Caroline contar com uma amiga dos velhos tempos com quem ela possa trocar recordações. Em vários sentidos ela costuma enfrentar dias sombrios aqui... tanta loucura nas histórias dessas pobres crianças. Temos grande expectativa de que a senhorita fique conosco por um período bem longo.

Miss Marple sentiu o magnetismo e compreendeu o quanto aquilo devia ter sido atraente para sua amiga. Que Lewis Serrocold era um homem que sempre colocaria as causas antes das pessoas ela não duvidou nem por um segundo. Isso poderia ter irritado certas mulheres, mas não Carrie Louise.

Lewis Serrocold separou outra carta.

– De qualquer modo, temos *algumas* notícias boas. Esta é do Wiltshire & Somerset Bank. O jovem Morris está se saindo extremamente bem. Estão mais do que satisfeitos com ele, e, com efeito, o rapaz vai ser promovido no mês que vem. Eu sempre soube que ele só precisava de responsabilidade... isso e uma perfeita intimidade com o manejo do dinheiro e o significado dele.

Lewis Serrocold se voltou para Miss Marple.

– Metade desses garotos não *sabe* o que é o dinheiro. O dinheiro lhes representa ir ao cinema ou às corridas de cães, ou comprar cigarros... e eles são espertos com números e acham emocionante fazer malabarismos com eles. Bem, eu acredito em... como posso dizer?... esfregar o nariz deles no negócio... treiná-los em contabilidade, em valores... mostrar-lhes de perto a face romântica do dinheiro, por assim dizer. Basta você lhes dar habilidades e depois responsabilidade... deixar que lidem oficialmente com dinheiro. Os nossos maiores sucessos ocorreram assim... só dois de 38 nos decepcionaram. Um é o encarregado de caixa numa rede de farmácias... uma posição de tremenda responsabilidade...

Ele se interrompeu para dizer:

– O chá está servido, meu bem.

– Achei que nós íamos tomá-lo aqui. Falei para Jolly.

– Não, é no salão. Os outros estão lá.

– Achei que ninguém estaria em casa.

Carrie Louise deu o braço para Miss Marple e as duas se dirigiram para o Grande Salão. O chá parecia uma refeição bastante incongruente naquele cenário. Os utensílios tinham sido empilhados a esmo numa bandeja... xícaras brancas comuns misturadas com itens remanescentes de antigos aparelhos de chá Rockingham & Spode. Havia um pão, dois potes de geleia e alguns bolinhos de aspecto barato e insalubre.

Uma mulher de meia-idade, gorducha e grisalha estava sentada atrás da mesa do chá, e a sra. Serrocold disse:

– Esta é Mildred, Jane. Minha filha Mildred. Você a viu pela última vez quando ela era bem pequenina.

Mildred Strete era a pessoa mais sintonizada com a casa que Miss Marple tinha visto até ali. Parecia próspera e digna. Casara-se perto dos quarenta com um cônego da igreja anglicana e era agora viúva. Parecia exatamente a viúva de um cônego, respeitável e ligeiramente apática. Era uma mulher feia com um largo rosto inexpressivo e um olhar apático. Tinha sido, Miss Marple refletiu, uma menininha muito feia.

– E este é Wally Hudd... o marido de Gina.

Wally era um jovem grandalhão com cabelo escovado para trás e uma expressão carrancuda. Ele fez um desajeitado aceno com a cabeça e continuou atulhando a boca de bolo.

Dentro em pouco, Gina entrou com Stephen Restarick. Estavam ambos muito animados.

– Gina tem uma ideia maravilhosa para aquele pano de fundo – disse Stephen. – Sabe, Gina, você tem um dom e tanto para cenografia teatral.

Gina riu com uma expressão satisfeita. Edgar Lawson entrou e se sentou ao lado de Lewis Serrocold. Quando Gina lhe dirigiu a palavra, fez de conta que não queria responder.

Miss Marple considerou tudo aquilo um pouco desconcertante. Ficou contente quando pôde se recolher a seu quarto para se deitar depois do chá.

Apareceu mais gente ainda no jantar: um jovem dr. Maverick, que era psiquiatra ou psicólogo – Miss Marple não entendia direito a diferença – e cuja conversa, valendo-se quase inteiramente do jargão de sua profissão, lhe foi praticamente ininteligível.

Havia também dois jovens de óculos com cargos na área do ensino, e um sr. Baumgarten, que era terapeuta ocupacional, e três rapazes extremamente acanhados que estavam tendo sua semana de "hóspedes da casa". Um deles, garoto louro com olhos muito azuis, era, Gina informou-lhe num sussurro, o especialista das "pauladas".

A refeição não era particularmente apetitosa; foi preparada com indiferença e servida com indiferença. Usava-se uma variedade de trajes. A srta. Bellever usava vestido preto de gola alta, Mildred Strete usava um vestido longo com um casaco de lã por cima. Carrie Louise ostentava um vestido curto de lã cinza – Gina mostrava-se resplandecente numa espécie de vestimenta camponesa. Wally não trocara de roupa, tampouco Stephen Restarick; Edgar Lawson vestia um elegante terno azul-escuro. Lewis Serrocold usava o smoking convencional. Ele comeu muito pouco e mal pareceu reparar no que havia em seu prato.

Depois do jantar, Lewis Serrocold e o dr. Maverick se retiraram para o escritório deste último. O terapeuta ocupacional e os professores se retiraram para seus aposentos. Os três "pacientes" voltaram para o colégio. Gina e Stephen rumaram para o teatro com o fim de discutir a ideia de Gina para um cenário. Mildred tricotou uma peça de roupa indeterminada e a srta. Bellever cerziu meias. Wally sentou-se numa cadeira suavemente inclinada para trás e ficou olhando para o nada. Carrie Louise e Miss Marple falaram sobre os velhos tempos. A conversa parecia estranhamente irreal.

Somente Edgar Lawson parecia incapaz de encontrar uma ocupação. Ficava sentado e logo se levantava inquieto.

– Será que não devo ir ao encontro do sr. Serrocold? – perguntou num tom bastante alto. – Talvez ele precise de mim.

Carrie Louise disse com suavidade:

– Ah, acho que não. Ele queria repassar uma ou duas questões com o dr. Maverick nesta noite.

– Então eu certamente não vou me meter! Eu nem sonharia me intrometer onde não sou chamado. Já perdi bastante tempo hoje indo à estação quando a sra. Hudd desejava ir pessoalmente.

– Ela devia ter lhe contado – disse Carrie Louise. – Mas acho que ela simplesmente decidiu no último momento.

– A senhora percebe, sra. Serrocold, que ela me fez parecer um verdadeiro palhaço? Um verdadeiro palhaço!

– Não, não – falou Carrie Louise, sorrindo. – Você não pode pensar dessa maneira.

– Eu sei que ninguém precisa de mim ou me quer... Tenho perfeita noção *disso*. Se as coisas tivessem sido diferentes... se eu tivesse uma posição decente na vida, tudo seria muito diferente. Muito diferente mesmo. Não é culpa minha que eu não tenha uma posição decente na vida.

– Ora, Edgar... – disse Carrie Louise. – Não fique se remoendo por nada. Jane acha que foi muito amável da sua parte ir buscá-la. Gina sempre tem impulsos repentinos... ela não queria deixá-lo aborrecido.

– Ah, mas deixou. Fez de propósito... para me humilhar...

– Ah, Edgar...

– A senhora não sabe a metade do que está acontecendo, sra. Serrocold. Bem, não direi mais nada, exceto boa noite.

Edgar saiu, batendo a porta atrás de si com um estrondo.

A srta. Bellever rosnou:

– Modos atrozes.

– Ele é tão sensível... – Carrie Louise falou vagamente.

Mildred Strete estalou suas agulhas e disse com rispidez:

– Ele é realmente um jovem dos mais detestáveis. A senhora não deveria tolerar um comportamento desses, mãe.

– Lewis diz que ele não consegue evitar.

Mildred disse num tom cortante:

– Todo mundo consegue evitar um comportamento rude. É claro que eu culpo Gina muitíssimo. Ela é tão completamente desmiolada em tudo que se mete a fazer... Só sabe criar problemas. Num dia encoraja o jovem e no dia seguinte o esnoba. O que é que se pode esperar?

Wally Hudd falou pela primeira vez naquela noite. Ele disse:

– Aquele cara tem um parafuso a menos. Isso é tudo! Um parafuso a menos!

II

Em seu quarto naquela noite, Miss Marple tentou analisar o padrão de Stonygates, mas a situação ainda se mostrava confusa demais. Havia correntes e contracorrentes ali – mas era impossível dizer se podiam justificar a inquietação de Ruth Van Rydock. Miss Marple não julgava que Carrie Louise estivesse sendo afetada de qualquer maneira pelos acontecimentos ao seu redor. Stephen estava apaixonado por Gina. Gina podia ou não estar apaixonada por Stephen. Walter Hudd claramente não se sentia satisfeito com a vida. Eram incidentes que poderiam ocorrer e de fato ocorriam em todos os lugares e na maioria das vezes. Não havia, infelizmente, nada de excepcional na situação. Tudo terminava num processo de divórcio e todo mundo, esperava-se, recomeçava do zero – quando novos laços eram criados. Mildred Strete, era óbvio, sentia ciúmes de Gina e não gostava dela. Isso, Miss Marple pensou, era bastante natural.

Ela refletiu sobre o que Ruth Van Rydock lhe dissera. A decepção de Carrie Louise por não ter filhos – a adoção da pequena Pippa – e depois a descoberta de que, afinal de contas, teria um bebê.

“Isso acontece com muita frequência”, o médico de Miss Marple lhe contara. O relaxamento da tensão, talvez, e então a natureza se encarregava de tudo.

Ele acrescentara que geralmente o filho adotivo caía em desgraça.

Mas isso não se dera no caso em questão. Tanto Gulbrandsen como a mulher haviam adorado a pequena Pippa. A menina conquistara seu lugar no coração dos dois de uma maneira firme demais para que fosse levianamente deixada de lado. Gulbrandsen já era pai. A paternidade não significava nenhuma novidade para ele. Os anseios maternais de Carrie Louise haviam sido apaziguados por Pippa. Sua gravidez tinha sido incômoda, e o parto em si, difícil e prolongado. Era possível que Carrie Louise, nunca tendo levado em consideração a realidade, não tivesse gostado do primeiro contato com ela.

Restaram duas meninas em fase de crescimento, uma bonita e divertida, a outra feia e apática. O que era mais uma vez, Miss Marple pensou, bastante natural. Porque, quando as pessoas adotam uma menininha, escolhem uma bonita. E embora Mildred pudesse ter tido a sorte de puxar aos Martin, que haviam gerado a bela Ruth e a graciosa Carrie Louise, a natureza decidiu que ela deveria puxar aos Gulbrandsen, que eram grandes e apagados e intransigentemente feios.

Além disso, Carrie Louise determinara-se a jamais deixar sua filha adotiva se sentindo preterida e, certificando-se disso, era indulgente demais com Pippa e por vezes um tanto injusta com Mildred.

Pippa se casara e se fixara na Itália, e Mildred, durante algum tempo, havia sido a única filha da casa. Mas então Pippa morrera e Carrie Louise havia trazido a filhinha de Pippa para morar em Stonygates, e de novo Mildred ficara de fora. Houvera o novo casamento – os meninos de Restarick. Em 1934 Mildred se casara com o cônego Strete, um antiquário erudito quase quinze anos mais velho do que ela, e se mudara para o sul da Inglaterra. Presumivelmente, tinha sido feliz – mas não havia como se ter certeza. Não tivera filhos. E agora aqui estava ela, de volta na mesma casa na qual se criara. E mais uma vez, Miss Marple pensou, não particularmente feliz com isso.

Gina, Stephen, Wally, Mildred, a srta. Bellever – que gostava de uma rotina ordenada e era incapaz de impô-la. Lewis Serrocold, que era claramente feliz como a pessoa mais abençoada do mundo; um idealista capaz de converter seus ideais em medidas práticas. Em nenhuma dessas personalidades Miss Marple encontrava o que as palavras de Ruth a tinham feito acreditar que encontraria. Carrie Louise parecia segura, remota no centro do redemoinho – como sempre estivera durante a vida toda. O que era, então, que Ruth sentira estar errado naquela atmosfera? Por acaso ela, Jane Marple, sentia isso também?

E quanto às personalidades mais exteriores do redemoinho? Os terapeutas ocupacionais, os professores, jovens fervorosos e inofensivos, o jovem e confiante dr. Maverick, os três delinquentes juvenis de semblante rosado e olhar inocente – Edgar Lawson...

E aqui, quando ela estava quase pegando no sono, os pensamentos de Miss Marple se detiveram e revolveram, de modo especulativo, em torno da figura de Edgar Lawson. Edgar Lawson lhe lembrava alguém ou algo. Havia certa coisa um pouco errada em Edgar Lawson – talvez mais do que um pouco. Edgar Lawson era um desajustado – era assim que se dizia, não era? Mas certamente isso não afetava e não tinha como afetar Carrie Louise...

Miss Marple balançou mentalmente a cabeça.

O que a preocupava era algo além disso.

Capítulo 5

I

Esquivando-se discretamente de sua anfitriã na manhã seguinte, Miss Marple saiu para caminhar nos jardins. A condição dos jardins a perturbou. Já tinham sido um portento ambiciosamente planejado. Tufos de rododendros, macias encostas relvadas, opulentas bordaduras de plantas herbáceas, sebes aparadas em ângulos retos ao redor de um formal jardim de rosas. Agora estava tudo em grande medida desamparado, a grama cortada de qualquer jeito, os canteiros cheios de ervas daninhas com flores enredadas batalhando por um espaço no meio delas, os caminhos cobertos de musgo e negligenciados. A horta, em compensação, fechada por muros de tijolo vermelho, parecia próspera e bem suprida. Isso se dava, presumivelmente, porque ela tinha um valor utilitário. Assim, também, uma grande parte do que um dia tinha sido um gramado com canteiros de flor estava agora cercada e transformada em quadras de tênis e numa cancha de bocha.

Examinando a bordadura herbácea, Miss Marple estalou a língua contrariada e arrancou uma tasneirinha florescente.

Enquanto ela se mantinha ali parada com a tasneirinha na mão, Edgar Lawson surgiu à vista. Vendo Miss Marple, parou e hesitou. Miss Marple não tinha nenhuma intenção de deixá-lo escapar. Chamou-o num tom enérgico. Quando Edgar Lawson se aproximou, perguntou-lhe se sabia onde eram guardadas quaisquer ferramentas de jardinagem.

Edgar disse vagamente que havia um jardineiro em algum canto que saberia.

– É uma lástima ver esta bordadura tão abandonada – gorjeou Miss Marple. – Eu gosto tanto de jardins...

E, como não desejava que Edgar saísse em busca de qualquer utensílio necessário, logo continuou:

– É mais ou menos a única coisa que uma velha inútil pode encontrar para fazer. Mas não suponho que *o senhor* se preocupe com jardins, sr. Lawson. O senhor tem tanto trabalho verdadeiro e importante para fazer, estando numa posição de responsabilidade aqui, com o sr. Serrocold. Deve achar tudo interessantíssimo.

Ele respondeu com rapidez, quase com ânsia:

– Sim... sim... é interessante.

– E o senhor deve prestar uma assistência imprescindível ao sr. Serrocold.

O rosto dele se obscureceu.

– Não sei. Não posso dizer com certeza. É o que está por trás de tudo...

Ele se interrompeu. Miss Marple o observava pensativa. Um rapazinho patético de baixa estatura num elegante terno escuro. Um rapazinho que poucas pessoas olhariam duas vezes, ou de quem se lembrariam se o tivessem olhado.

Havia um banco de jardim nas proximidades e Miss Marple arrastou-se até ele para se sentar. Edgar ficou de pé na frente dela, franzindo a testa.

– Eu tenho certeza – disse Miss Marple com vivacidade – de que o sr. Serrocold confia *bastante* no senhor.

– Não sei – falou Edgar. – Eu realmente não sei.

Ele franziu a testa e se sentou ao lado de Miss Marple um tanto distraído.

– Eu me vejo numa posição muito difícil.

– É claro – disse Miss Marple.

O jovem Edgar ficou olhando para o nada.

– Tudo isto é altamente sigiloso – falou de repente.

– É claro – disse Miss Marple.

– Se eu fizesse uso dos meus direitos...

– Sim?

– É melhor eu lhe contar logo... A senhorita não deixará que ninguém mais saiba, eu tenho certeza...

– Ah, não...

Miss Marple notou que o jovem nem queria esperar a negação.

– Meu pai... na verdade, o meu pai é um homem muito importante.

Dessa vez não houve necessidade de dizer qualquer coisa. Ela só precisava escutar.

– Ninguém sabe, com exceção do sr. Serrocold. Perceba, se a história vazar, isso poderia prejudicar a posição do meu pai.

Edgar se voltou para ela. Sorriu. Um sorriso de tristeza e dignidade.

– Perceba, *eu sou filho de Winston Churchill.*

– Ah – disse Miss Marple –, eu *percebo.*

E percebia mesmo. Lembrou-se de uma história bastante triste ocorrida em St. Mary Mead... e de como havia terminado.

Edgar Lawson continuou falando, e o que falou transparecia um ar de cena teatral.

– Havia razões. A minha mãe não era livre. O marido dela estava num hospício... um divórcio era impossível... o casamento estava fora de questão. Não posso realmente culpá-los. Pelo menos eu acho que não posso... Ele sempre fez tudo que pôde. Discretamente, é claro. E foi aí que surgiram os problemas. Ele tem inimigos... que estão contra mim também. Deram um jeito de nos manter separados. Eles me vigiam. Aonde quer que eu vá, ficam me espionando. E fazem com que nada dê certo para mim.

Miss Marple balançou a cabeça.

– Minha nossa... – ela disse.

– Em Londres eu estava estudando para ser médico. Eles mexeram nas minhas provas... alteraram as respostas. *Queriam* que eu fosse reprovado. Me seguiam pelas ruas. Contavam coisas a meu respeito para a minha senhoria. Ficam me perseguindo por onde quer que eu ande.

– Ah, mas o senhor não pode ter certeza disso – Miss Marple falou num tom tranquilizador.

– Estou lhe dizendo que eu *sei*! Ah, eles são muito ardilosos. Nunca consigo obter um vislumbre deles ou descobrir quem são. Mas vou descobrir... O sr. Serrocold me tirou de Londres e me trouxe pra cá. Ele foi bondoso... muito bondoso. Mas mesmo aqui, compreenda, eu não estou *seguro*. Eles estão aqui também, trabalhando contra mim, fazendo com que os outros antipatizem comigo. O sr. Serrocold afirma que não é verdade... mas o sr. Serrocold não sabe. Ou então... eu fico especulando... por vezes pensei...

Edgar interrompeu sua fala e se levantou.

– Tudo isso é sigiloso – ele disse. – A senhorita compreende, não é? Mas se a senhorita notar alguém me *seguindo... espionando*, eu quero dizer... poderia me contar *quem é*!

Então ele se afastou – aprumado, patético, insignificante. Miss Marple ficou olhando para o jovem, especulando...

Uma voz se fez ouvir.

– Maluco – disse a voz. – Simplesmente maluco.

Walter Hudd estava parado ao lado dela, com as mãos enfiadas fundo nos bolsos e franzindo a testa enquanto observava a retirada da figura de Edgar.

– Que espécie de espelunca é esta, afinal? – ele disse. – São todos casos de manicômio aqui, sem exceção.

Miss Marple ficou calada e Walter prosseguiu:

– Esse tal de Edgar... o que é que a senhorita pensa do sujeito? Diz que o pai dele é de fato Lord Montgomery. Não me parece provável. Não *Monty*! Não com todas as coisas que eu já ouvi falar sobre ele.

– Não – disse Miss Marple. – Não parece ser muito provável.

– Ele contou para Gina uma coisa bem diferente... algum disparate sobre ser realmente o herdeiro do trono russo... disse que era filho de um grão-duque qualquer. Diabo, será que o camarada não sabe quem foi o verdadeiro pai dele?

– Imagino que não – disse Miss Marple. – Quem sabe o problema é justamente esse.

Walter sentou-se ao lado dela, deixando seu corpo cair com um movimento indolente. Repetiu sua declaração anterior:

– São todos casos de manicômio aqui.

– O senhor não gosta de estar em Stonygates?

O jovem franziu o cenho.

– Eu simplesmente não *entendo*... isso é tudo! Não entendo. Pegue este lugar, por exemplo... esta casa... o negócio todo. Essas pessoas são ricas. Não precisam de grana... isso não lhes falta. E veja o modo como vivem. Porcelana antiga rachada e material simples e feioso, tudo misturado. Nenhum criado decente para uma casa de alta classe... só alguns ajudantes contratados ao acaso. Tapeçarias e cortinas e capas de cadeira... tudo de cetim, brocado, coisas do tipo... e tudo caindo aos pedaços! Grandes bules de prata para o chá e, quando você se dá conta... todos amarelados e manchados por falta de limpeza. A sra. Serrocold simplesmente não se importa. Veja o vestido que ela usou ontem à noite. Cerzido debaixo dos braços, quase desgastado... e, no entanto, podia ir até uma loja e pedir o que quisesse. Bond Street ou sei lá onde. Grana? Eles nadam em grana.

Ele fez uma pausa e se sentou, deliberando.

– Eu sei o que é ser pobre. Não há nada de muito errado nisso se você for jovem, forte, disposto a trabalhar. Eu nunca tive muito dinheiro, mas estava totalmente determinado a chegar aonde queria. Eu ia abrir uma oficina. Tinha guardado um pouco de dinheiro. Conversei com Gina a esse respeito. Ela me ouviu. Pareceu entender. Eu não sabia grande coisa sobre ela. Todas essas garotas de uniforme têm a mesma aparência. Quero dizer, não dá para dizer, olhando para elas, quem tem ou não tem grana. Achei que ela estivesse um degrau acima de mim, em educação e tudo mais. Mas isso não parecia ter importância. Ficamos caídos um pelo outro. Casamos. Eu tinha o meu troco guardado e Gina me contou que também tinha um pouco. Nós íamos montar um posto de gasolina lá na minha cidade... Gina estava disposta. Nós não passávamos de duas crianças estouvadas... loucos um pelo outro. Então aquela pretensiosa tia dela começou a criar problemas... E Gina quis vir à Inglaterra para ver sua vó. Bem, isso parecia mais do que razoável. Era o lar dela, e de qualquer maneira eu estava curioso para conhecer a Inglaterra. Tinha ouvido falar um monte de coisas a respeito daqui. Então nós viemos. Só uma visita... foi o que eu pensei.

A testa franzida virou uma carranca.

– Mas não foi o que aconteceu. Nós estamos presos nesse negócio maluco. Por que vocês não ficam aqui?... não fixam residência por aqui?... é o que eles dizem. Empregos de sobra para mim. Empregos! Eu não quero um emprego de ficar dando doce na boca de jovens gângsteres e ajudá-los em brincadeiras de criança... qual é o sentido disso tudo? Este lugar podia ser legal... *muito* legal. Será que as pessoas com dinheiro não percebem a sorte que têm? Não entendem que a maior parte do mundo não pode ter um lugar legal como este, e que elas têm um? Não é pura loucura dar um chute na sua sorte quando você a tem? Não me importo de trabalhar se eu precisar. Mas quero trabalhar do jeito que eu gosto e com aquilo que eu gosto – e eu trabalho para conquistar algo. Isso aqui me faz sentir que estou enredado numa teia de aranha. E Gina... não consigo decifrar Gina. Não é a mesma garota com quem eu me casei nos Estados Unidos. Não consigo... que droga... não consigo nem mesmo *falar* com ela agora. Ah, que inferno!

Miss Marple disse com suavidade:

– Entendo muito bem o seu ponto de vista.

Wally lhe disparou um rápido olhar.

– A senhorita é a única pessoa para quem eu abri a boca até aqui. Na maior parte do tempo, eu me fecho como um mexilhão. Não sei o que a senhorita tem... a senhorita é inglesa até a raiz dos cabelos, realmente inglesa... só que, da maneira mais mirabolante, me traz à mente a tia Betsy da minha terra.

– Ora, fico contente.

– Ela tinha muito bom senso – Wally continuou meditativo. – Parecia frágil, como se você pudesse quebrá-la em duas com os dedos, mas na verdade ela era durona... sim, senhor, bota durona nisso.

O jovem se levantou.

– Lamento estar falando desse modo com a senhorita – ele se desculpou.

Pela primeira vez, Miss Marple o viu sorrir. Era um sorriso muito atraente, e Wally Hudd de súbito se transfigurara de um garoto emburrado e desajeitado num jovem bonito e cativante.

– Eu precisava desabafar, suponho. Mas cometi o desatino de abusar da senhorita.

– De modo algum, meu querido rapaz – disse Miss Marple. – Eu tenho um sobrinho... só que, é claro, muitíssimo mais velho do que você.

Sua mente se deteve por um momento no sofisticado escritor moderno Raymond West. Maior contraste com Walter Hudd não poderia ser imaginado.

– Outra companhia está vindo ao seu encontro – disse Walter Hudd. – Essa dona não gosta de mim, de modo que eu vou me mandar. Até logo, minha senhora. Obrigado pela conversa.

O jovem se foi e Miss Marple observou Mildred Strete se aproximar pelo gramado.

II

– Vejo que a senhorita foi vitimizada por aquele jovem horrível – disse a sra. Strete um tanto sem fôlego, enquanto se atirava no assento. – Que tragédia isso é.

– Tragédia?

– O casamento de Gina. Tudo aconteceu porque quiseram mandá-la para os Estados Unidos. Eu disse à mamãe na época que era um disparate total. Afinal de contas, este é um distrito bastante sossegado. Quase nunca tínhamos ataques aéreos por aqui. Eu detesto tanto a maneira como várias pessoas cediam ao pânico por causa de suas famílias... e de si mesmas, também, com muita frequência.

– Deve ter sido difícil decidir o que era mais certo fazer – falou Miss Marple, pensativa. – No que dizia respeito às crianças, quero dizer. Com a perspectiva de uma possível invasão, isso poderia ter significado que fossem criadas sob um regime alemão... sem falar no perigo das bombas.

– Tudo bobagem – disse a sra. Strete. – Nunca tive a menor dúvida de que nós venceríamos. Mas a minha mãe sempre foi bastante desarrazoada no que dizia respeito a Gina. Aquela criança era mimada o tempo todo, faziam suas vontades de todas as maneiras. Antes de mais nada, não havia nenhuma necessidade em absoluto de tirá-la da Itália.

– O pai não fez nenhuma objeção, eu creio...

– Ah, San Severiano! A senhorita sabe como são os italianos. Nada importa para eles a não ser o dinheiro. Ele se casou com Pippa por causa do dinheiro, é claro.

– Minha nossa. Sempre acreditei que ele era muito devotado a ela e que ficou simplesmente inconsolável com a morte da esposa.

– Fingiu ficar, sem dúvida. Por que motivo mamãe a incentivou a se casar com um estrangeiro, isso eu não consigo imaginar. É só o costumeiro prazer que os americanos sentem com um título de nobreza, eu suponho.

Miss Marple falou num tom brando:

– Sempre pensei que a querida Carrie Louise fosse quase desapegada demais em sua postura diante da vida.

– Ah, eu sei. Não tenho a menor paciência com isso. As manias e os caprichos e os projetos idealistas da minha mãe... A senhorita não tem ideia, tia Jane, do que tudo isso significou. Posso falar com conhecimento de causa, é claro. Fui criada no meio de tudo isso.

Foi com um levíssimo choque que Miss Marple reagiu ao ser chamada de tia Jane. Entretanto, essa tinha sido a convenção dos velhos tempos. Seus presentes de Natal para as filhas de Carrie Louise tinham sempre o rótulo "Com amor, da tia Jane", e como tia Jane as duas pensavam nela, quando quer que chegassem a pensar nela – algo não muito frequente, Miss Marple supôs.

Ela observou, pensativa, a mulher de meia-idade sentada ao seu lado. A boca rígida e apertada, as linhas profundas que desciam do nariz, as mãos entrelaçadas com força.

Falou com suavidade:

– Você deve ter tido... uma infância difícil.

Mildred Strete lhe voltou olhos ávidos e agradecidos.

– Ah, me deixa tão contente que alguém leve isso em conta. As pessoas realmente não sabem o que as crianças enfrentam. Pippa era, entenda, a bonita. Também era mais velha do que eu. Era sempre ela quem recebia todas as atenções. Tanto papai quanto mamãe a encorajavam a ficar em evidência... não que ela precisasse de qualquer encorajamento... a se exibir. Eu era sempre a quietinha. Era tímida... Pippa nem sabia o que era timidez. Uma criança pode sofrer um bocado, tia Jane.

– Eu sei disso – disse Miss Marple.

– "Mildred é tão estúpida"... isso é o que Pippa costumava dizer. Mas eu era mais nova do que ela. Naturalmente, não se poderia esperar que eu acompanhasse o ritmo dela nas aulas. E é muito injusto com uma criança quando sua irmã é sempre colocada mais à frente. "Que garotinha adorável...", as pessoas costumavam dizer para mamãe. Nunca prestavam atenção em *mim*. E era com Pippa que o papai costumava brincar e fazer gracejos. Alguém devia ter visto como aquilo era duro para *mim*. Todos os olhares e atenções recaindo nela. Eu não tinha idade suficiente para constatar que o *caráter* é o que importa.

Seus lábios tremeram; então endureceram outra vez.

– E era injusto... realmente injusto... eu era filha legítima deles. Pippa era só adotada. *Eu* era a filha da casa. Ela não era... ninguém.

– Provavelmente os seus pais tinham uma indulgência excessiva com ela por conta disso – falou Miss Marple.

– Os meus pais gostavam mais dela – disse Mildred Strete.

Acrescentou:

– Uma criança que não era desejada pelos próprios pais... ou mais provavelmente ilegítima.

Prosseguiu:

– Houve um reflexo em Gina. Tem sangue ruim ali. O sangue não mente. Lewis pode fazer as teorias que bem quiser sobre o ambiente. O sangue ruim não mente nunca. Basta olhar para Gina.

– Gina é uma jovem das mais adoráveis – disse Miss Marple.

– No comportamento, nem um pouco – retrucou a sra. Strete. – Todo mundo, menos a minha mãe, percebe como ela está se relacionando com Stephen Restarick. Uma coisa repugnante, a meu ver. Admitamos que ela teve um casamento muito desafortunado, mas casamento é casamento, e a pessoa deveria estar preparada para suportar as consequências. Afinal de contas, ela optou por se casar com aquele jovem tenebroso.

– Ele é tão tenebroso assim?

– Ah, minha querida tia Jane! Ele realmente me parece ser o modelo acabado de um gângster. E tão ranzinza e rude. Mal abre a boca. E sempre parece tão bruto e grosseiro.

– Ele é infeliz, eu creio – Miss Marple falou num tom brando.

– Eu realmente não sei por que é que deveria ser... sem levar em consideração o comportamento de Gina, eu quero dizer. Tudo já foi feito por ele aqui. Lewis já sugeriu diversas maneiras pelas quais ele poderia tentar se fazer útil... mas o rapaz prefere se esquivar pelos cantos, sem fazer nada.

Ela irrompeu:

– Ah, este lugar todo é impossível... simplesmente impossível. Lewis só sabe pensar nesses horríveis jovenzinhos criminosos. E a minha mãe só sabe pensar nele. Tudo que Lewis faz está certo. Veja só o estado do jardim... as ervas daninhas... tudo virando mato. E a casa... não fazer nada de um modo decente. Ah, eu sei que uma boa criadagem é difícil hoje em dia, mas se pode arranjar. Não é que eles sofram com qualquer escassez de dinheiro. É só que ninguém *liga*. Se fosse a *minha* casa... – ela se calou.

– Eu receio – disse Miss Marple – que todos nós precisamos encarar o fato de que as condições são diferentes. Essas propriedades enormes são um grande problema. Deve ser triste para você, de certa forma, voltar para cá e encontrar tudo tão diferente. Você realmente prefere morar aqui do que... bem... em algum lugar que seja só seu?

Mildred Strete corou.

– Afinal de contas, é a minha casa – ela disse. – Foi a casa do meu pai. Nada pode mudar isso. É um direito meu estar aqui se eu fizer essa escolha. E faço mesmo. Se apenas a minha mãe não fosse tão impossível! Ela não é capaz nem mesmo de comprar roupas adequadas para si. Isso deixa Jolly muito preocupada.

– Eu ia lhe perguntar sobre a srta. Bellever.

– É um conforto tão grande tê-la nesta casa... Ela adora a minha mãe. Já está com ela faz um longo tempo agora... chegou na época de John Restarick. E foi maravilhosa, eu acredito, durante todo aquele negócio lamentável. A senhora soube, eu imagino, que ele fugiu com uma iugoslava tenebrosa... uma criatura das mais tenebrosas. Ela já tivera amantes aos montes, acredito. Mamãe foi muito digna e decente na história toda.

Divorciou-se dele com a maior discrição possível. Chegou até mesmo ao ponto de acolher os meninos Restarick durante as férias deles... um tanto desnecessário, na verdade, outros arranjos poderiam ter sido feitos. Teria sido impensável, é claro, permitir que fossem ao encontro do pai e daquela mulher. De todo modo, mamãe os trouxe para cá... E a srta. Bellever enfrentou e suportou tudo e foi uma verdadeira fortaleza. Às vezes eu penso que ela deixa minha mãe ainda mais perdida do que o razoável, fazendo todas as coisas práticas por conta própria. Mas eu de fato não sei o que mamãe faria sem ela.

Mildred fez uma pausa e então comentou com um tom de surpresa:

– Eis ali Lewis. Que esquisito... Raras vezes ele aparece no jardim.

O sr. Serrocold veio na direção delas do mesmo modo abstraído com que fazia tudo. Pareceu não notar a presença de Mildred, porque só tinha Miss Marple em mente.

– Lamento muitíssimo – ele disse. – Eu queria levar a senhorita para dar uma volta no nosso instituto e lhe mostrar tudo. Caroline me pediu. Infelizmente, preciso partir para Liverpool. O caso daquele garoto e do escritório das encomendas ferroviárias. Mas Maverick irá levar a senhora. Ele vai estar aqui dentro de alguns minutos. Não voltarei até depois de amanhã. Será esplêndido se conseguirmos que não o processem.

Mildred Strete se levantou e foi embora. Lewis Serrocold não notou sua saída. Seus olhos fervorosos contemplavam Miss Marple através dos óculos grossos.

– Veja bem – ele disse –, os magistrados quase sempre assumem uma visão errada. Às vezes são severos demais, mas às vezes são lenientes demais. Quando esses garotos ganham uma sentença de poucos meses, isso não é nenhuma intimidação... eles até tiram disso uma espécie de prazer. Ficam se gabando com as namoradas. Mas uma sentença severa com frequência os deixa mais ajuizados. Constatam que o jogo não vale a pena. Ou então é melhor não cumprir nenhuma sentença de prisão em absoluto. Treinamento corretivo... treinamento construtivo como temos aqui...

Miss Marple o interrompeu.

– Sr. Serrocold – ela disse. – O senhor está de todo satisfeito em relação ao jovem sr. Lawson? Por acaso ele é... ele é de todo normal?

Uma expressão perturbada transpareceu no rosto de Lewis Serrocold.

– Espero que ele não esteja tendo uma regressão. O que foi que ele andou dizendo?

– Ele me disse que era filho de Winston Churchill.

– É claro... é claro. As declarações habituais. Ele é ilegítimo, como a senhora provavelmente adivinhou, pobre rapaz, e de origens muito humildes. Foi um caso que uma sociedade londrina me recomendou. Ele atacara um homem na rua que no seu entender o estava espionando. Tudo bastante típico... o dr. Maverick irá lhe contar. Eu analisei o prontuário do jovem. A mãe era de classe pobre, mas de uma família respeitável, em Plymouth. O pai, um marinheiro... ela nem mesmo sabia o nome do sujeito... Menino criado em circunstâncias difíceis. Começou a fantasiar sobre o pai e, mais tarde, sobre si mesmo. Usava uniforme e condecorações aos quais não tinha direito... tudo bem típico. Mas Maverick considera o prognóstico com otimismo. Se nós pudermos lhe dar autoconfiança... Eu lhe dei responsabilidade aqui, tentei fazê-lo avaliar que não é o berço de um homem o que importa, e sim o que ele *é*. Tentei lhe dar confiança em suas próprias habilidades. O aprimoramento foi notável.

Eu estava muito feliz por conta dele. E agora a senhora me diz...

Ele sacudiu a cabeça.

– O jovem não poderia ser perigoso, sr. Serrocold?

– Perigoso? Não creio que ele tenha demonstrado quaisquer tendências suicidas.

– Eu não estava pensando em suicídio. Ele me falou de inimigos... de perseguição. Não é esse, queira me perdoar... um sinal perigoso?

– Não creio realmente que ele tenha chegado a tal nível. Mas vou falar com Maverick. Até aqui, ele tem se mostrado esperançoso... muito esperançoso.

Lewis Serrocold conferiu seu relógio.

– Preciso ir. Ah, eis aqui a nossa querida Jolly. Ela irá se encarregar da senhorita.

A srta. Bellever, achegando-se com vivacidade, anunciou:

– O carro está diante da porta, sr. Serrocold. O dr. Maverick telefonou do instituto. Eu falei que levaria Miss Marple até lá. Ele vai nos encontrar no portão.

– Obrigado. Preciso ir. Minha maleta?

– No carro, sr. Serrocold.

Lewis Serrocold se foi às pressas. Observando seu afastamento, a srta. Bellever comentou:

– Um dia esse homem vai cair morto no chão. É algo contrário à natureza humana você nunca relaxar ou descansar. Ele só dorme quatro horas por noite.

– Ele é muito devotado à sua causa – disse Miss Marple.

– Nunca pensa em qualquer outra coisa – a srta. Bellever falou num tom sombrio. – Sequer sonha em cuidar da esposa ou considerá-la de qualquer forma. Ela é uma doce criatura, como a senhorita sabe, Miss Marple, e deveria receber amor e atenção. Mas ninguém pensa ou considera nada por aqui exceto um monte de meninos e jovens choramingantes que querem levar uma vida fácil e desonesta e desprezam a ideia de realizar um pouco de trabalho duro. E quanto aos garotos decentes de lares decentes? Por que ninguém faz algo por eles? Falando com sinceridade, isso simplesmente não é interessante para excêntricos como o sr. Serrocold e o dr. Maverick e todo esse bando de sentimentais de meia-tigela que nós temos aqui. Eu e os meus irmãos fomos criados na dureza, Miss Marple, e não éramos incentivados a choramingar. Molenga, isso é o que o mundo é hoje em dia!

As duas haviam atravessado o jardim, passado por um portão com paliçadas e chegado ao portão em arco que Eric Gulbrandsen erigira como entrada para seu colégio – um prédio medonho de construção robusta com tijolos vermelhos.

O dr. Maverick, parecendo ele mesmo, segundo Miss Marple decidiu, distintamente anormal, saiu para recepcioná-las.

– Obrigado, srta. Bellever – ele disse. – Pois bem, Miss... hã... ah, sim, Miss Marple... tenho certeza de que a senhorita ficará interessada no que estamos fazendo aqui. No nosso esplêndido modo de abordar este grande problema. O sr. Serrocold é um homem de grande intuição... grande visão. E temos o apoio de Sir John Stillwell, meu antigo chefe. Ele atuou no Ministério do Interior até se aposentar e sua influência teve um peso decisivo na largada deste projeto. É um problema *médico*... é disso que precisamos convencer as autoridades legais. A psiquiatria ganhou sua própria autoridade durante a guerra. Foi a única consequência positiva do conflito... Pois bem; em primeiro lugar, quero que a senhorita veja como é a nossa abordagem inicial do problema. Olhe aqui acima...

Miss Marple contemplou as palavras entalhadas no alto do amplo pórtico arqueado:

Ó VÓS QUE AQUI ENTRAIS, RECUPERAI
A ESPERANÇA

– Não é esplêndido? Não é justamente a tecla certa a se tocar? Você não vai querer repreender esses rapazes... ou puni-los. É por isso que eles ficam ansiando na metade do tempo: por punição. Queremos fazer com que sintam os ótimos sujeitos que são.

– Como Edgar Lawson? – Miss Marple perguntou.

– Caso interessante, esse aí. A senhorita andou conversando com ele?

– Ele andou conversando comigo – disse Miss Marple.

Ela acrescentou, quase se desculpando:

– Fiquei imaginando se ele não seria, talvez, um pouco *louco*...

O dr. Maverick riu com jovialidade.

– Somos todos loucos, minha cara dama – ele afirmou enquanto a introduzia pela porta. – Esse é o segredo da existência. Todos nós somos um pouco loucos.

Capítulo 6

De um modo geral, aquele foi um dia bastante exaustivo.

"O entusiasmo em si pode ser extremamente cansativo", Miss Marple pensou. Ela se sentia vagamente insatisfeita consigo mesma e com suas próprias reações. Havia um padrão ali – talvez vários padrões, e, no entanto, ela não conseguia obter um vislumbre de qual ou quais. Todas as vagas inquietações que sentia se concentravam em torno da personalidade patética mas inconspícua de Edgar Lawson. Se conseguisse ao menos localizar em sua memória o paralelo certo...

Penosamente, rejeitou o curioso comportamento do furgão de entregas do sr. Selkirk... o carteiro distraído... o jardineiro que trabalhava na segunda-feira de Pentecostes... e aquele negócio muito curioso das combinações de verão.

Havia, a respeito de Edgar Lawson, algo de errado que parecia escapar de sua compreensão – algo que ultrapassava os fatos observados e admitidos. Mas Miss Marple poderia jurar por sua vida que não entendia como esse fator errôneo, fosse lá o que fosse, afetava sua amiga Carrie Louise. Nos confusos padrões do cotidiano em Stonygates, os problemas e desejos das pessoas interferiam uns nos outros. Mas nenhum deles (mais uma vez, até onde ela conseguia ver) interferia na vida de Carrie Louise.

Carrie Louise... De súbito Miss Marple constatou que somente ela, com exceção da ausente Ruth, usava esse nome. Para seu marido, ela era Caroline. Para a srta.

Bellever, Cara. Stephen Restarick costumava chamá-la de Madona. Para Wally, ela era formalmente a sra. Serrocold, e Gina optara por chamá-la de grã-vó – uma mistura, explicara, de grã-duquesa e avó.

Existiria algum significado, talvez, nos vários nomes encontrados para Caroline Louise Serrocold? Seria ela, para todos ali, um símbolo, e não exatamente uma pessoa real?

Na manhã seguinte, quando Carrie Louise, arrastando um pouco os pés ao caminhar, chegou para sentar-se ao lado da amiga no banco do jardim e lhe perguntar no que estava pensando, Miss Marple respondeu de pronto:

– Em você, Carrie Louise.

– Mas em mim por quê?

– Me diga com honestidade: existe alguma coisa por aqui que a preocupa?

– Que me preocupa? – a mulher levantou perplexos olhos azul-claros. – Mas, Jane, o que é que me deixaria preocupada?

– Bem, a maioria das pessoas costuma ter preocupações – os olhos de Miss Marple cintilaram um pouco. – Eu tenho. Lesmas, por exemplo... e a dificuldade de obter um adequado cerzimento de linho... e não conseguir arranjar açúcar-cande para fazer o meu licor de ameixa. Ah, um monte de pequenas coisas... parece fora do normal que você não tenha nenhuma preocupação em absoluto.

– Creio que devo ter, realmente – disse de modo vago a sra. Serrocold. – Lewis se dedica demais ao trabalho, e Stephen esquece até de comer se matando como um escravo no teatro, e Gina é muito nervosa... mas nunca fui capaz de mudar as pessoas... não vejo uma maneira de se fazer isso. Então não adiantaria nada eu ficar me preocupando, adiantaria?

– Mildred não é muito feliz tampouco, certo?

– Ah, não – disse Carrie Louise. – Mildred não é feliz nunca. Não era quando criança. Bem diferente de Pippa, que era sempre radiante.

– Talvez – sugeriu Miss Marple – Mildred tivesse um motivo para não ser feliz?

Carrie Louise falou com calma:

– Por ser ciumenta? Ouso dizer que sim. Mas na verdade as pessoas não precisam de um motivo para sentir o que de fato sentem. Elas são assim e pronto. Você não concorda, Jane?

Miss Marple pensou por alguns instantes na srta. Moncrieff, escrava de uma mãe inválida e tirânica. A pobre srta. Moncrieff, que ansiava por viajar e conhecer o mundo. E em como St. Mary Mead, de uma forma decorosa, havia se regozijado quando a sra. Moncrieff foi repousada no cemitério e a srta. Moncrieff, com uma bela pequena renda, viu-se livre afinal. E em como a srta. Moncrieff, iniciando suas viagens, não passara de Hyères, onde, fazendo uma visita para encontrar uma das "mais antigas amigas de mamãe", deixara-se comover a tal ponto pelo apuro de uma idosa hipocondríaca que cancelou suas reservas de viagem e fixou domicílio na vila para ser intimidada e explorada e para melancolicamente ansiar, mais uma vez, pelas delícias de um horizonte mais amplo.

Miss Marple disse:

– Acho que você está certa, Carrie Louise.

– É claro que o fato de eu viver livre de preocupações se deve em parte a Jolly. Querida Jolly... Ela me apareceu quando eu e Johnnie éramos recém-casados e foi maravilhosa desde o começo. Cuida de mim como se eu fosse um bebê dos mais desamparados. Faria qualquer coisa por mim. Às vezes eu me sinto envergonhada.

Acredito mesmo que Jolly seria capaz de matar alguém por mim, Jane. Não é uma coisa horrorosa de se dizer?

– Ela é certamente muito dedicada – concordou Miss Marple.

– Ela fica tão indignada... – a risada metálica da sra. Serrocold tiniu no ar. – Ela gostaria que eu ficasse o tempo todo comprando roupas maravilhosas e me cercando de luxos, e pensa que todas as pessoas deveriam me colocar acima de tudo e dançar à minha volta prestativas. É a única pessoa que não se mostra nem de longe impressionada pelo entusiasmo de Lewis. Todos os nossos pobres meninos são, no entender dela, jovens criminosos mimados pelos quais não vale a pena passar trabalho. Ela acha que esta casa é úmida e péssima para o meu reumatismo e que eu deveria ir para o Egito ou para algum lugar seco e quente.

– Você sofre muito com o reumatismo?

– Piorou muito nos últimos tempos. Está ficando difícil caminhar. Cãibras horríveis nas minhas pernas. Ah, ora – de novo apareceu aquele enfeitiçante sorriso de elfo –, a idade não mente.

A srta. Bellever saiu pela porta de vidro e veio correndo na direção delas.

– Um telegrama, Cara, acabou de chegar pelo telefone. *Chegando hoje à tarde, Christian Gulbrandsen.*

– Christian? – Carrie Louise parecia muito surpresa. – Eu não tinha ideia de que ele estava na Inglaterra.

– A suíte de carvalho, suponho?

– Sim, por favor, Jolly. Aí não haverá nenhuma escada.

A srta. Bellever assentiu com a cabeça e se foi rumo à casa.

– Christian Gulbrandsen é o meu enteado – disse Carrie Louise. – O filho mais velho de Eric. Na verdade, ele é dois anos mais velho do que eu. É um dos curadores do instituto, o principal curador. É tão exasperante que Lewis esteja fora... Christian quase nunca permanece por mais do que uma noite. É um homem imensamente atarefado. E os dois por certo desejariam discutir inúmeras coisas.

Christian Gulbrandsen chegou naquela tarde a tempo para o chá. Era um homem grande, de compleição pesada, com um modo de falar lento e metódico. Saudou Carrie Louise com todos os sinais de afeto.

– E como vai a nossa pequena Carrie Louise? Você não parece sequer um dia mais velha. Sequer um dia.

Com as mãos nos ombros da dama, ficou sorrindo de cima para ela. Uma mão o puxou pela manga.

– Christian!

– Ah! – ele se virou. – É Mildred? Como vai, Mildred?

– Não vou nem um pouco bem, na verdade, nos últimos tempos.

– Isso é ruim. Isso é ruim.

Havia uma forte semelhança entre Christian Gulbrandsen e sua meia-irmã Mildred. Havia quase trinta anos de diferença entre eles e os dois poderiam facilmente ter sido tomados por pai e filha. A própria Mildred parecia estar particularmente satisfeita com a chegada de Christian. Mostrava-se acalorada e eloquente, e havia mencionado repetidas vezes durante o dia "meu irmão", "meu irmão Christian", "meu irmão, o sr. Gulbrandsen".

– E como vai a pequena Gina? – perguntou Gulbrandsen, voltando-se na direção dessa jovem. – Você e o seu marido ainda estão aqui, então?

– Sim. Estamos bem estabelecidos, não é mesmo, Wally?

– É o que parece – disse Wally.

Os pequenos olhos sagazes de Gulbrandsen pareceram avaliar Wally rapidamente. Wally, como de costume, parecia taciturno e pouco amigável.

– Então aqui estou eu com a família toda de novo – falou Gulbrandsen.

Sua voz ostentava uma cordialidade um tanto determinada – mas no fundo, Miss Marple pensou, ele não estava se sentindo particularmente cordial. Seus lábios formavam uma linha sombria e seus modos transpareciam certa preocupação.

Apresentado a Miss Marple, varreu-a com um olhar penetrante de alto a baixo, como que medindo e examinando aquela recém-chegada.

– Não tínhamos a menor ideia de que você estava na Inglaterra, Christian – disse a sra. Serrocold.

– Não, eu vim de uma maneira um tanto inesperada.

– É uma lástima que Lewis não esteja em casa. Por quanto tempo você pode permanecer?

– Eu pretendia ir embora amanhã. Quando Lewis vai voltar?

– Amanhã de tarde ou de noite.

– Ao que parece, então, preciso permanecer uma noite a mais.

– Se você apenas tivesse nos avisado...

– Minha querida Carrie Louise, os meus arranjos foram feitos muito subitamente.

– Você vai ficar para falar com Lewis?

– Sim, é necessário que eu fale com Lewis.

A srta. Bellever disse para Miss Marple:

– O sr. Gulbrandsen e o sr. Serrocold são ambos curadores do Instituto Gulbrandsen. Os outros são o bispo de Cromer e o sr. Gilfoy.

Presumivelmente, então, era por negócios relacionados ao Instituto Gulbrandsen que Christian

Gulbrandsen viera para Stonygates. Isso parecia ser tido como certo pela srta. Bellever e por todos os demais. E mesmo assim Miss Marple tinha suas dúvidas.

Numa ou outra ocasião o velho lançou um olhar intrigado para Carrie Louise quando ela estava distraída – um olhar que intrigou a vigilante amiga de Carrie Louise. De Carrie Louise ele transferiu sua atenção para os outros, examinado cada um dos presentes com uma espécie de avaliação dissimulada que parecia distintamente esquisita.

Depois do chá, Miss Marple retirou-se com grande tato e se isolou na biblioteca, mas, para sua surpresa, quando já estava acomodada com seu tricô, Christian Gulbrandsen entrou e se sentou a seu lado.

– A senhorita é uma amiga muito antiga, eu creio, da nossa querida Carrie Louise... – ele disse.

– Fomos colegas de escola na Itália, sr. Gulbrandsen. Muitos e muitos anos atrás.

– Ah, sim. E a senhorita gosta dela?

– Sim, claro – Miss Marple respondeu calorosamente.

– Como gostam, eu creio, todas as pessoas. Sim, eu verdadeiramente acredito nisso. Só pode ser assim. Pois Carrie Louise é uma pessoa muito querida e encantadora. Sempre, desde que o meu pai se casou com ela, eu e os meus irmãos adoramos Carrie Louise. Ela foi para nós como uma irmã queridíssima. Foi uma esposa fiel para o meu pai e leal a todas as suas ideias. Nunca pensou em si mesma, colocava o bem-estar dos outros em primeiro lugar.

– Ela sempre foi uma idealista – disse Miss Marple.

– Uma idealista? Sim. Sim, isso mesmo. E, portanto, pode ser que ela não se dê conta verdadeiramente do mal que existe no mundo.

Miss Marple o encarou com surpresa. O rosto de Christian Gulbrandsen se mostrava muito sério.

– Diga-me uma coisa... – ele falou. – Como vai a saúde dela?

De novo Miss Marple se sentiu surpresa.

– Ela me parece estar muito bem... descontando a artrite... ou o reumatismo.

– Reumatismo? Sim. E o coração dela? O coração está bem?

– Até onde eu sei... – Miss Marple ficou ainda mais surpresa. – Mas até ontem eu não a vira por vários anos. Se o senhor quer saber qual é o estado de sua saúde, deveria perguntar a algum morador da casa. A srta. Bellever, por exemplo.

– A srta. Bellever... Sim, a srta. Bellever. Ou Mildred?

– Ou, como diz o senhor, Mildred.

Miss Marple estava ligeiramente embaraçada.

Christian Gulbrandsen a encarava com muita firmeza.

– A senhorita diria que não existe uma simpatia muito grande entre a mãe e a filha?

– Não, não creio que exista.

– Concordo. É uma pena... sua única filha, mas é a vida... E essa srta. Bellever, na sua opinião, é realmente apegada a Carrie Louise?

– Muitíssimo.

– E Carrie Louise tem confiança nessa srta. Bellever?

– Creio que sim.

Christian Gulbrandsen franzia o cenho. Era como se estivesse falando mais consigo mesmo do que com Miss Marple.

– Temos a pequena Gina... mas ela é tão jovem... É difícil... – ele se interrompeu. – Às vezes – falou simplesmente – é complicado decidir qual é a melhor medida. Eu gostaria muitíssimo de agir da melhor maneira. Sinto-me particularmente ansioso para garantir que nenhum mal e nenhuma infelicidade acometam essa querida senhora. Mas não é fácil... não é nada fácil.

A sra. Strete entrou no recinto naquele momento.

– Ah, aí está você, Christian. Estávamos tentando adivinhar onde você se encontrava. O dr. Maverick quer saber se você gostaria de repassar alguma coisa com ele.

– É o novo jovem médico daqui? Não... não, vou esperar o retorno de Lewis.

– Ele está esperando no gabinete de Lewis... Posso dizer a ele...?

– Eu mesmo terei uma conversa com ele.

Gulbrandsen saiu às pressas. Mildred Strete observou seu afastamento e depois olhou para Miss Marple.

– Fico me perguntando se há algo de errado. Christian não é o mesmo de sempre... Por acaso ele disse alguma coisa...?

– Ele só me perguntou sobre a saúde da sua mãe.

– A saúde dela? Por que razão ele perguntaria sobre isso?

O tom de Mildred era ríspido, seu rosto largo e quadrado se avermelhando de uma maneira desfavorável.

– Eu realmente não sei.

– A saúde da minha mãe está perfeitamente boa. É até surpreendente para uma mulher de sua idade. Bem melhor do que a minha, guardadas as proporções.

Mildred fez uma pausa antes de dizer:

– Espero que a senhorita tenha dito isso a ele...

– Na verdade eu não sei nada sobre isso – disse Miss Marple. – Ele me perguntou sobre o coração dela.

– O *coração* dela?

– Sim.

– Não há nada de errado com o coração da minha mãe. Nada em absoluto!

– Fico encantada por ouvi-la dizer isso, minha querida.

– O que, raios, aconteceu para botar todas essas ideias malucas na cabeça de Christian?

– Não faço a menor ideia – disse Miss Marple.

Capítulo 7

I

O dia seguinte se passou rotineiramente segundo todas as aparências, mas para Miss Marple transpareceram sinais de uma tensão subterrânea. Christian Gulbrandsen passou a manhã com o dr. Maverick percorrendo o instituto e discutindo os resultados gerais da política do instituto. No início da tarde, Gina o levou para um passeio de carro, e depois disso Miss Marple notou que ele induzira a srta. Bellever a lhe mostrar algo nos jardins. Pareceu-lhe que se tratava de um pretexto para garantir um *tête-à-tête* com aquela sombria mulher. No entanto, se a visita inesperada de Christian Gulbrandsen só tinha relação com questões de trabalho, por que aquele desejo de ficar em companhia da srta. Bellever, considerando-se que esta última só lidava com a parte doméstica de Stonygates?

Em tudo isso, porém, Miss Marple confessava consigo mesma que estava sendo fantasiosa. O único incidente realmente perturbador daquele dia ocorreu por volta das quatro horas. Ela enrolara seu tricô e saíra para o jardim com o propósito de dar uma ligeira caminhada antes do chá. Contornando um rododendro desgarrado, topou com Edgar Lawson, que vinha andando a passos largos, murmurando sozinho, e quase se chocou contra ela.

Ele falou "Eu lhe peço perdão" às pressas, mas Miss Marple ficou sobressaltada pela esquisita expressão arregalada de seus olhos.

– Não está se sentindo bem, sr. Lawson?

– Bem? Como eu estaria me sentindo bem? Sofri um choque... um choque terrível.

– Que tipo de choque?

O jovem lançou um ágil olhar além de Miss Marple e um olhar brusco e inquieto para ambos os lados. O gesto transmitiu a Miss Marple uma sensação nervosa.

– Devo lhe contar? – Edgar Lawson olhou para ela em dúvida. – Não sei. Realmente não *sei*. Eu tenho sido tão espionado...

Miss Marple se decidiu. Pegou-o com firmeza pelo braço.

– Se nós seguirmos por este caminho... Ali, pronto, ali não há moitas ou árvores por perto. Ninguém poderá nos escutar.

– É... é, a senhorita está certa – ele respirou fundo, deixou cair a cabeça e quase sussurrou suas palavras seguintes. – Eu fiz uma descoberta. Uma descoberta terrível.

Edgar Lawson começou a tremer dos pés à cabeça. Estava quase chorando.

– Ter acreditado em alguém! Ter acreditado... e era tudo mentira... tudo mentira. Mentiras para impedir que eu descobrisse a verdade. Não consigo aguentar. É perverso demais. Entenda, ele era a única pessoa na qual eu confiava, e agora descobrir que o tempo todo ele esteve por trás de tudo. É *ele* quem tem sido o meu inimigo. É *ele* quem tem me seguido e espionado por todos os cantos. Mas não vai mais conseguir se safar. Vou me manifestar. Vou lhe contar que eu sei o que ele anda fazendo.

– Quem é "*ele*"? – indagou Miss Marple.

Edgar Lawson aprumou o corpo ao máximo. Poderia ter assumido um aspecto patético e digno. Na verdade, porém, seu aspecto era somente ridículo.

– Eu estou falando do meu pai.

– O visconde Montgomery... ou o senhor está se referindo a Winston Churchill?

Edgar lhe lançou um olhar de menosprezo.

– Queriam que eu pensasse isso... só para impedir que eu adivinhasse a verdade. Mas agora eu sei. Eu tenho um amigo... um amigo verdadeiro. Um amigo que me diz a verdade e que me fez saber exatamente o quanto eu fui enganado. Bem, o meu pai terá de prestar contas *comigo*. Vou jogar suas mentiras na cara dele! Vou desafiá-lo com a verdade. Veremos o que ele tem a dizer diante disso.

E, se afastando de súbito, Edgar foi embora correndo e desapareceu no parque.

Com um semblante grave, Miss Marple voltou para a casa.

"Todos nós somos um pouco loucos, minha cara dama", dissera o dr. Maverick.

Mas lhe parecia que o caso de Edgar ia bem mais longe do que isso.

II

Lewis Serrocold retornou às seis e meia. Parou o carro diante do portão e caminhou até a casa pelo parque. Olhando por sua janela, Miss Marple viu Christian Gulbrandsen sair ao encontro do sr. Serrocold, e os dois, tendo se cumprimentado, se voltaram e ficaram andando para lá e para cá pelo terraço.

Miss Marple tomara o cuidado de trazer consigo seu binóculo de observação de pássaros. Naquele momento, colocou-o em ação. Havia ou não uma revoada de pintassilgos naquele grupo de árvores ao longe?

Ela notou, com um breve movimento do binóculo para baixo, que ambos os homens pareciam seriamente perturbados. Miss Marple se inclinou um pouco mais. Fragmentos de conversação lhe chegavam pelo ar de quando em quando. Se um dos dois por acaso olhasse para cima, ficaria bastante claro que uma arrebatada observadora de aves tinha suas atenções fixadas num ponto muito afastado da conversa.

– ...como evitar que Carrie Louise tome conhecimento... – Gulbrandsen estava dizendo.

Quando passaram de novo embaixo da janela, Lewis Serrocold estava falando.

– ...se *puder* ser mantido fora do conhecimento dela. Concordo que é ela quem deve ser considerada...

Outros trechos débeis foram captados pela ouvinte: "...realmente sério...", "...não se justifica...", "...uma grande responsabilidade de se assumir...", "...deveríamos, quem sabe, ouvir o conselho de alguém de fora...".

Por fim Miss Marple ouviu Christian Gulbrandsen dizer:

– Ach, está ficando frio. Precisamos entrar.

Miss Marple recuou a cabeça para dentro pela janela com uma expressão intrigada. O quebra-cabeça que ouvira era fragmentário demais para ser montado com facilidade – mas servia para confirmar aquela vaga apreensão que aos poucos crescera em seu íntimo e sobre a qual Ruth Van Rydock se mostrara tão positiva.

Qualquer que fosse o problema em Stonygates, ele definitivamente afetava Carrie Louise.

III

O jantar, naquela noite, foi uma refeição um tanto constrangida. Tanto Gulbrandsen quanto Lewis estavam abstraídos e absorvidos por seus próprios pensamentos. Walter Hudd mostrava-se ainda mais carrancudo do que de costume, e pela primeira vez Gina e Stephen pareciam ter pouco a dizer um para o outro ou para qualquer um dos presentes. O principal responsável pela conversação era o dr. Maverick, que teve uma delongada discussão técnica com o sr. Baumgarten, um dos terapeutas ocupacionais.

Quando se transferiram para o salão após o jantar, Christian Gulbrandsen escusou-se quase de imediato. Alegou ter uma carta importante para escrever.

– Então se você me perdoar, minha querida Carrie Louise, vou me recolher ao meu quarto agora.

– Você tem tudo de que precisa lá? Jolly?

– Sim, sim. Tudo. Uma máquina de escrever eu pedi, e foi colocada lá. A srta. Bellever foi muitíssimo bondosa e prestativa.

Christian Gulbrandsen saiu do Grande Salão pela porta da esquerda, cujo caminho passava pelo pé da escadaria principal e ao longo de um corredor, ao fim do qual havia uma suíte com quarto de dormir e banheiro.

Quando ele já saíra, Carrie Louise disse:

– Não vai ao teatro hoje, Gina?

A garota balançou a cabeça. Cruzou o recinto e se sentou junto à janela que dava vista para a pista da entrada e o pátio.

Stephen a observou de relance para então se dirigir até o grande piano de cauda. Sentou-se ao instrumento e começou a tocar muito suavemente – uma melodia estranha e melancólica. Os dois terapeutas ocupacionais, o sr. Baumgarten e o sr. Lacy, acompanhados pelo dr. Maverick, deram boa-noite e se foram. Walter ligou o interruptor de um abajur de leitura e, com um estalo, metade das luzes do salão se apagaram.

Ele grunhiu:

– Esse maldito interruptor está sempre com defeito. Vou colocar um fusível novo.

Walter saiu do salão e Carrie Louise murmurou:

– Wally é tão esperto com engenhocas elétricas e coisas assim. Você se lembra de como ele consertou aquela torradeira?

– Parece que é só o que ele faz por aqui – disse Mildred Strete. – Mamãe, você tomou o seu tônico?

A srta. Bellever pareceu ficar aborrecida:

– Ora essa, eu esqueci completamente hoje.

Ela se pôs de pé num salto e foi até a sala de jantar, retornando dentro em pouco com um pequeno copo contendo um fluido de cor rosada.

Sorrindo um pouco, Carrie Louise estendeu uma mão obediente.

– Um negócio tão horrendo e ninguém me deixa esquecer – ela disse, fazendo uma careta.

E então, de uma maneira um tanto inesperada, Lewis Serrocold disse:

– Não acho que seria bom tomá-lo hoje, minha querida. Não tenho certeza se isso de fato lhe faz bem.

Tranquilamente, mas com aquela energia controlada que era sempre tão aparente nele, o sr. Serrocold tirou o copo da mão da srta. Bellever e o depositou na grande cômoda galesa de carvalho.

A srta. Bellever disse com rispidez:

– Realmente, sr. Serrocold, não posso concordar com o senhor nesse ponto. A sra. Serrocold tem estado muitíssimo melhor desde que... – ela se interrompeu e virou o rosto com brusquidão.

A porta da frente foi aberta violentamente, escancarando-se ao máximo com um estrondo. Edgar Lawson entrou no enorme salão obscurecido com o ar de um astro dos palcos fazendo uma entrada triunfal.

Ele parou no meio do aposento e fez uma pose. Era quase ridículo – mas não de todo ridículo.

Edgar disse de uma maneira teatral:

– Então o encontrei, ó inimigo meu! – dirigindo-se a Lewis Serrocold.

O sr. Serrocold pareceu ficar levemente atônito:

– Ora, Edgar, qual é o problema?

– O senhor me vem com essa? O senhor?! O senhor sabe qual é o problema. O senhor anda me enganando, me espionando, conspirando com os meus inimigos contra mim.

Lewis o pegou pelo braço.

– Ora, ora, meu caro rapaz, tente não ficar acalorado. Conte-me tudo a respeito com tranquilidade. Venha para o meu gabinete.

Ele o conduziu através do salão e por uma porta à direita, fechando-a atrás de si. Com a porta fechada, ouviu-se outro som, o som agudo de uma chave sendo girada na fechadura.

A srta. Bellever olhou para Miss Marple, a mesma ideia nos pensamentos de ambas. *Não era Lewis Serrocold quem havia girado a chave.*

A srta. Bellever disse com rispidez:

– Esse jovem está prestes a perder a cabeça, na minha opinião. Não é seguro.

Mildred falou:

– É um jovem dos mais desequilibrados e absolutamente ingrato por tudo aquilo que já foi feito por ele... a senhora deveria tomar uma medida com firmeza, mamãe.

Com um débil sussurro, Carrie Louise murmurou:

– Não há maldade nenhuma nele, na verdade. Ele gosta de Lewis. Tem grande apego por ele.

Miss Marple olhou para ela com curiosidade. Não existira nenhum sinal de apego na expressão que Edgar dirigira para Lewis Serrocold poucos momentos antes, bem longe disso. Ela especulou, como especulara antes, se Carrie Louise deliberadamente dera suas costas à realidade.

Gina falou com rispidez:

– Ele tinha algo no bolso. Edgar, eu quero dizer. Brincando com esse algo.

Stephen murmurou, afastando as mãos das teclas:

– Num filme, certamente teria sido um revólver.

Miss Marple tossiu.

– Vocês devem saber – ela disse, como que se desculpando – que *era* um revólver.

Por trás da porta fechada do gabinete de Lewis, um som de vozes fizera-se ouvir com muita clareza. Agora, de súbito, as vozes tornavam-se claramente audíveis. Edgar Lawson gritava, ao passo que a voz de Lewis Serrocold mantinha seu tom regular e razoável.

– Mentiras... mentiras... mentiras, tudo mentiras. *O senhor* é o meu pai. Eu sou o *seu* filho. O senhor me privou dos meus direitos. *Eu* devia ser o dono deste lugar. O senhor me odeia... quer se livrar de mim!

Houve um murmúrio apaziguador por parte de Lewis e depois a voz histérica ficou ainda mais alta. Gritava palavrões infames. Edgar parecia estar perdendo rapidamente o autocontrole. Palavras ocasionais eram proferidas por Lewis:

– ...calma... apenas se acalme... você sabe que nada disso é verdade...

Mas as palavras não pareciam apaziguar – pelo contrário, pareciam enfurecer ainda mais o rapaz.

Sem que se dessem conta, todos os presentes no salão estavam calados, ouvindo com intensa atenção aquilo que se passava por trás da porta trancada do gabinete de Lewis.

– Vou fazer o senhor me escutar – berrou Edgar. – Vou tirar essa expressão de superioridade de sua cara. Vou me vingar, vou, sim. Vingança por tudo que o senhor me fez sofrer.

A outra voz veio de modo cortante, diferindo do habitual tom impassível de Lewis.

– Abaixe esse revólver!

Gina gritou bruscamente:

– Edgar vai matá-lo. Ele é louco. Não podemos chamar a polícia ou algo assim?

Carrie Louise, ainda indiferente, falou com suavidade:

– Não há motivo para preocupação, Gina. Edgar adora Lewis. Ele só está fazendo um pouco de drama, nada mais.

A voz de Edgar soou através da porta numa risada que, Miss Marple teve de admitir, soava definitivamente insana.

– Sim, eu tenho um revólver... e está carregado. Não, não fale, não se mova. Você vai me ouvir. Foi o senhor quem começou essa conspiração contra mim e agora vai pagar por isso.

Algo que soou como um estampido de arma de fogo sobressaltou todos, mas Carrie Louise disse:

– Está tudo bem, foi lá fora... em algum ponto do parque.

Por trás da porta trancada, Edgar esbravejava numa voz ensurdecedora.

– O senhor fica aí sentado, olhando para mim... olhando para mim e fingindo que não se comove. Por que o senhor não fica de joelhos e implora por perdão? Eu vou atirar, vou, sim. Vou atirar para matar! Eu sou o seu filho... o seu filho desprezado e não reconhecido... o senhor queria que eu ficasse escondido, completamente fora do mundo, talvez. Botou os seus espiões para me seguir... para me caçar... conspirou contra mim. O senhor, o meu pai! Meu pai. Eu sou só um bastardo, não é mesmo? Só um bastardo. O senhor foi me enchendo de mentiras... Fingindo ser bondoso comigo, e o tempo inteiro... o tempo inteiro... O senhor não merece viver. Não vou deixá-lo viver.

De novo houve uma enxurrada de palavrões obscenos.

Em algum ponto durante a cena, Miss Marple havia percebido a srta. Bellever dizendo "Precisamos *fazer* alguma coisa" e saindo do salão.

Edgar pareceu fazer uma pausa para tomar fôlego e então gritou:

– O senhor vai morrer... *morrer*. Vai morrer *agora*. Tome *isto*, seu demônio, e mais *isto*!

Fizeram-se ouvir dois estouros fortes... não no parque desta vez, mas definitivamente atrás da porta trancada.

Alguém – Miss Marple pensou que fosse Mildred – gritou:

– Meu Deus, o que nós vamos fazer?

Houve um baque do lado de dentro da sala e então outro som, mais terrível do que o ruído anterior, o som de um soluçar lento e pesado.

Alguém passou pela frente de Miss Marple e começou a sacudir o trinco e bater na porta.

Era Stephen Restarick.

– Abram a porta. Abram a porta – ele gritou.

A srta. Bellever voltou a entrar no salão. Em sua mão, segurava uma variedade de chaves.

– Tente algumas destas – falou sem fôlego.

Naquele momento, as luzes apagadas retornaram. O salão voltou à vida depois da penumbra lúgubre.

Stephen Restarick começou a testar as chaves. Todos ouviram a chave de dentro cair enquanto ele fazia isso. Do lado de dentro, o soluçar violento e desesperado continuava.

Walter Hudd, reentrando indolentemente no salão, parou como uma estátua e indagou:

– Ora, o que é que está acontecendo aqui?

Mildred falou chorosa:

– Aquele horrível rapaz louco atirou no sr. Serrocold.

– Por favor...

Era Carrie Louise quem falava. Ela se levantou e foi até a porta do gabinete. Com muita gentileza, empurrou Stephen Restarick para o lado.

– Deixe-me falar com ele.

Ela chamou – com grande suavidade:

– Edgar... Edgar... você precisa me deixar entrar... Por favor, Edgar.

Ouviu-se a chave sendo introduzida na fechadura. A chave girou e a porta se abriu devagar.

Mas não foi Edgar quem a abriu. Foi Lewis Serrocold. Este respirava forte, como se tivesse acabado de dar uma corrida, mas, afora isso, mostrava-se impassível.

– Está tudo bem, minha querida – ele disse. – Minha querida, está tudo perfeitamente bem.

– Achamos que o senhor tivesse sido baleado – falou secamente a srta. Bellever.

Lewis Serrocold franziu o cenho. Falou com um pingo de aspereza:

– É claro que eu não fui baleado.

Todos podiam enxergar o interior do gabinete agora. Edgar Lawson desabara junto à escrivaninha. Soluçava e arfava.

O revólver podia ser visto no chão, onde o jovem o deixara cair.

– Mas nós ouvimos os tiros – disse Mildred.

– Claro, ele disparou duas vezes.

– E não acertou o senhor?

– É óbvio que ele não me acertou – retrucou Lewis.

Miss Marple não julgou que houvesse qualquer obviedade no caso. Os disparos decerto haviam sido feitos quase à queima-roupa.

Lewis Serrocold disse com irritação:

– Onde está Maverick? É de Maverick que nós precisamos.

A srta. Bellever disse:

– Vou chamá-lo. Devo ligar para a polícia também?

– Polícia? Certamente não.

– É claro que precisamos chamar a polícia – disse Mildred. – Ele é perigoso.

– Bobagem – falou Lewis Serrocold. – Pobre rapaz. Por acaso ele parece perigoso?

De momento ele não parecia perigoso. Parecia jovem e patético e um tanto repulsivo. Sua voz perdera o sotaque cuidadosamente ostentado.

– Não era minha intenção – ele gemeu. – Sei lá o que foi que me deu... falando todo esse troço... eu devo ter ficado louco.

Mildred fungou.

– Eu realmente devo ter ficado louco. Não era minha intenção. Por favor, sr. Serrocold, eu realmente não tinha intenção.

Lewis Serrocold lhe deu alguns tapinhas no ombro.

– Está tudo bem, meu garoto. Sem ressentimentos.

– Eu poderia ter acabado com a sua vida, sr. Serrocold.

Walter Hudd atravessou a sala e observou a parede atrás da escrivaninha.

– As balas entraram aqui – ele disse; seus olhos baixaram até a escrivaninha e a cadeira logo atrás. – Ele deve ter errado por um fio – comentou sombriamente.

– Eu perdi a cabeça. Não sabia bem o que eu estava fazendo. Achei que ele tinha me tirado meus direitos. Achei...

Miss Marple interveio com a pergunta que vinha querendo fazer por algum tempo.

– Quem lhe contou – ela indagou – que o sr. Serrocold era o seu pai?

Por um breve segundo, uma expressão maliciosa se deixou ver no rosto perturbado. Apareceu e sumiu como um raio.

– Ninguém – ele disse. – Eu só meti na minha cabeça.

Walter Hudd contemplava o revólver jogado no chão.

– Onde diabos você arranjou essa arma? – quis saber.

– Arma? – Edgar contemplou-a no chão.

– Tenho uma arma igualzinha – disse Walter.

Ele se agachou e a recolheu.

– Que raio, é, sim! Você a tirou do meu quarto, seu piolho rastejante.

Lewis Serrocold se interpôs entre o encolhido Edgar e o americano ameaçador.

– Tudo isso pode ser averiguado mais tarde – ele disse. – Ah, eis aqui Maverick. Dê uma olhada nele, pode ser, Maverick?

O dr. Maverick avançou até Edgar com uma espécie de animação profissional.

– Assim não vai dar, Edgar – ele disse. – Assim não vai dar, sabia?

– Ele é um lunático perigoso – Mildred falou com rispidez. – Ficou disparando um revólver e esbravejando. Deixou de acertar o meu padrasto por um fio.

Edgar soltou um pequeno ganido e o dr. Maverick disse num tom de reprovação:

– Cuidado, por favor, sra. Strete.

– Eu estou farta disso tudo. Farta do modo com que vocês todos procedem aqui! Eu repito que esse homem é um lunático.

Com um salto, Edgar se soltou do dr. Maverick e caiu no chão aos pés de Serrocold.

– Me ajude... Me ajude... Não deixe que eles me levem embora e me internem. Não deixe...

"Uma cena desagradável", Miss Marple pensou.

Mildred disse com raiva:

– Repito que ele é...

Sua mãe falou num tom apaziguador:

– Por favor, Mildred. Não agora. Ele está sofrendo.

Walter resmungou:

– Sofrendo uma ova. São todos uns doidos varridos por aqui.

– Eu me encarrego dele – disse o dr. Maverick. – Você vem comigo, Edgar. Cama e um sedativo... e vamos discutir tudo de manhã. Pois bem, você confia em mim, não confia?

Pondo-se de pé e tremendo um pouco, Edgar olhou com uma expressão de dúvida para o jovem médico e depois para Mildred Strete.

– Ela disse... que eu era um lunático.

– Não, não, você não é um lunático.

Os passos da srta. Bellever soaram metodicamente através do salão. Ela entrava com lábios apertados e um rosto corado.

– Telefonei para a polícia – afirmou com voz lúgubre. – Eles estarão aqui dentro de poucos minutos.

Carrie Louise gritou num tom de desalento:

– Jolly!

Edgar emitiu uma lamúria.

Lewis Serrocold franziu o cenho com raiva.

– Eu lhe falei, Jolly, que não queria que a polícia fosse convocada. Este é um problema médico.

– Pode até ser – disse a srta. Bellever. – Eu tenho a minha própria opinião. Mas tive de chamar a polícia. O sr. Gulbrandsen levou um tiro, está morto.

Capítulo 8

Passaram-se alguns instantes até que alguém assimilasse o que ela estava dizendo.

Carrie Louise falou incrédula:

– Christian levou um tiro? Está morto? Ah, com toda a certeza, isso é impossível...

– Se não acreditam em mim – disse a srta. Bellever, apertando os lábios e dirigindo-se não tanto a Carrie Louise quanto ao grupo como um todo –, tratem de ir ver com seus próprios olhos.

Ela estava furiosa. E sua fúria se fazia ouvir na nítida rispidez de sua voz.

Lentamente, sem acreditar, Carrie Louise deu um passo na direção da porta. Lewis Serrocold pousou uma mão em seu ombro.

– Não, minha querida, deixe que eu vou.

Ele saiu pelo vão da porta. O dr. Maverick, com um olhar de dúvida para Edgar, seguiu-o. A srta. Bellever foi junto.

Miss Marple gentilmente instou Carrie Louise a se acomodar numa poltrona. Ela se sentou, seus olhos transparecendo mágoa e abatimento.

– Christian... baleado? – repetiu.

Era o tom magoado e perplexo de uma criança.

Walter Hudd permaneceu perto de Edgar Lawson, olhando para o jovem com uma carranca. Segurava na mão a arma que recolhera do chão.

A sra. Serrocold disse com uma voz de espanto:

– Mas quem no mundo iria querer atirar em *Christian*?

Era um tipo de pergunta que não demandava resposta.

Walter murmurou baixinho:

– Malucos! Todos, sem exceção.

Stephen, protetor, se movera para perto de Gina. O rosto jovem e assustado dela era o que havia de mais vívido naquela sala.

De súbito a porta da frente se abriu e entrou, acompanhado por uma rajada de ar frio, um homem num grande sobretudo.

A cordialidade de sua saudação pareceu incrivelmente chocante.

– Olá, pessoal, o que foi que houve nesta noite? Um monte de névoa na estrada. Precisei vir devagar e quase parando.

Por um breve momento de sobressalto, Miss Marple pensou que estivesse tendo uma visão dobrada. Sem dúvida o mesmo homem não poderia estar parado ao lado de Gina e entrando pela porta. Então se deu conta de que era somente uma semelhança, e não, quando você olhava de perto, uma semelhança tão forte assim. Os dois homens eram claramente irmãos, com uma forte similaridade de família, mas nada mais.

Ao passo que Stephen Restarick era esguio ao ponto da magreza excessiva, o recém-chegado era esbelto. O casaco enorme com a gola de astracã se moldava ao corpo esbelto como uma luva. Um jovem bonito, e um jovem que portava consigo a autoridade e o bom humor do sucesso.

Mas Miss Marple notou uma coisa mais a respeito dele. Seus olhos, ao entrar no salão, procuraram imediatamente os de Gina.

Ele disse um pouco hesitante:

– *Estava* esperando por mim? Recebeu o meu telégrafo?

O jovem estava se dirigindo agora a Carrie Louise. Andou na direção dela.

Quase mecanicamente, a dama estendeu a mão para ele. O jovem a tomou e a beijou com suavidade. Era um afetuoso ato de homenagem, não uma mera cortesia teatral.

Ela murmurou:

– É claro, meu querido Alex... é claro. Só que, veja bem, coisas andaram acontecendo.

– Acontecendo?

Mildred lhe deu a informação, deu-a com uma espécie de deleite sombrio que Miss Marple considerou de mau gosto.

– Christian Gulbrandsen – ela disse. – O meu irmão Christian Gulbrandsen foi encontrado morto com um tiro.

– Santo Deus – Alex reagiu com uma consternação mais do que desmedida. – Suicídio, você quer dizer?

Carrie Louise se moveu com agilidade.

– Não, não – ela disse. – Não poderia ser suicídio. Não com *Christian*. Não...

– O tio Christian nunca se mataria, eu tenho certeza – falou Gina.

Alex Restarick olhou de uma pessoa para outra. Do irmão Stephen, recebeu um breve gesto afirmativo com a cabeça. Walter Hudd devolveu seu olhar com um leve ressentimento. Os olhos de Alex pousaram em Miss Marple com uma súbita carranca. Era como se o jovem tivesse encontrado um adereço indesejado num cenário de teatro.

Seu semblante era o de quem esperava uma explicação quanto à intrusa. Mas ninguém a explicou, e

Miss Marple continuou parecendo uma idosa fofa e docemente perplexa.

– Quando? – perguntou Alex. – Quero dizer, quando isso aconteceu?

– Pouco antes da sua chegada – disse Gina. – Cerca de... ah, três ou quatro minutos atrás, eu suponho. Ora, é claro, nós escutamos efetivamente o tiro. Só que não o notamos... não de fato.

– Não o notaram? Como não?

– Bem, veja, outras coisas estavam acontecendo... – Gina falava de uma maneira um tanto hesitante.

– E como estavam – Walter disse com ênfase.

Juliet Bellever entrou no salão pela porta da biblioteca.

– O sr. Serrocold sugere que todos nós esperemos na biblioteca. Seria conveniente para a polícia. Exceto pela sra. Serrocold. Você sofreu um choque, Cara. Pedi que colocassem bolsas de água quente na sua cama. Vou levá-la para cima e...

Pondo-se de pé, Carrie Louise sacudiu a cabeça.

– Preciso ver Christian primeiro – ela disse.

– Ah, não, minha querida. Não se aborreça...

Carrie Louise afastou-a para o lado com muita gentileza.

– Querida Jolly... você não entende.

Ela olhou em volta e disse:

– Jane?

Miss Marple já se aproximara dela.

– Venha comigo, Jane, pode ser?

As duas foram juntas rumo à porta. O dr. Maverick, entrando, quase colidiu com elas.

A srta. Bellever exclamou:

– Dr. Maverick, por favor, faça com que ela pare. É uma tolice tão grande...

Carrie Louise olhou com calma para o jovem médico. Chegou até mesmo a exibir um sorriso minúsculo.

O dr. Maverick disse:

– A senhora quer ir... vê-lo?

– Eu preciso.

– Entendo – ele deu um passo para o lado. – Se acha que precisa, sra. Serrocold... Mas depois, por favor, vá se deitar e deixe que a srta. Bellever cuide da senhora. De momento a senhora não sente o choque, mas lhe garanto que o sentirá.

– Sim. Creio que o senhor está certo. Serei bastante sensata. Venha, Jane.

As duas mulheres saíram pela porta, passaram pelo pé da escadaria principal seguindo pelo corredor, passaram pela sala de jantar à direita e pela porta dupla que levava às dependências da cozinha na esquerda, passaram pela porta lateral que dava para o terraço e seguiram até a porta que dava entrada para a suíte de carvalho que havia sido alocada para Christian Gulbrandsen. Era um aposento mobiliado mais como sala de estar do que como quarto de dormir, com uma cama em um recanto num lado e uma porta que levava para um quarto de vestir e um banheiro.

Carrie Louise parou no vão da porta. Christian Gulbrandsen estivera sentado à grande escrivaninha de mogno com uma pequena máquina de escrever portátil aberta diante de si. Continuava sentado ali, mas despencado de lado na cadeira. Os braços altos da cadeira o impediam de deslizar até o chão.

Lewis Serrocold estava parado junto à janela. Havia puxado a cortina um pouco de lado e estava contemplando a noite.

Olhou em volta e franziu o cenho.

– Minha querida, você não deveria ter vindo.

Lewis foi até ela e sua esposa lhe estendeu uma mão. Miss Marple recuou um ou dois passos.

– Ah, sim, Lewis. Eu precisava... vê-lo. A gente precisa saber bem ao certo como são as coisas.

Ela caminhou devagar na direção da escrivaninha.

Lewis disse num tom de advertência:

– Você não deve tocar em nada. A polícia deve encontrar as coisas exatamente como as encontramos.

– É claro. Ele foi baleado deliberadamente por alguém, então?

– Sem dúvida.

Lewis Serrocold parecia estar um pouco surpreso com o fato de que a pergunta ainda tivesse sido feita.

– Achei... que você sabia disso...

– Eu sabia, de fato. Christian não teria cometido suicídio e era uma pessoa tão competente que não poderia ter sido um acidente de modo algum. Com isso só resta... – ela hesitou por um momento – o assassinato.

Carrie Louise passou por trás da escrivaninha e ficou olhando para o morto. Havia pesar e afeto em seu rosto.

– Querido Christian – ela disse. – Ele sempre foi bom comigo.

Suavemente, tocou com os dedos o alto da cabeça do morto.

– Obrigada e Deus o abençoe, meu querido Christian – falou.

Lewis Serrocold afirmou num tom quase emotivo que Miss Marple nunca captara em sua voz até então:

– Só Deus sabe o quanto eu gostaria de tê-la poupado disso, Caroline.

Sua esposa balançou a cabeça com suavidade.

– Nunca se pode realmente poupar alguém de qualquer coisa – retrucou. – Sempre é preciso enfrentar as coisas mais cedo ou mais tarde. Sendo assim, melhor que seja cedo. Vou ir me deitar agora. Suponho que você vá ficar aqui, Lewis, até a chegada da polícia...

– Sim.

Carrie Louise lhe deu as costas e Miss Marple deslizou um braço em volta dela.

Capítulo 9

O inspetor Curry e seu séquito encontraram a srta. Bellever sozinha no Grande Salão quando chegaram.

Ela se apresentou eficientemente:

– Meu nome é Juliet Bellever, companheira e secretária da sra. Serrocold.

– Foi a senhora quem encontrou o corpo e nos telefonou?

– Sim. Os moradores estão quase todos na biblioteca, depois daquela porta. O sr. Serrocold permaneceu no quarto do sr. Gulbrandsen para garantir que nada fosse alterado. O dr. Maverick, o primeiro a examinar o corpo, estará conosco logo em seguida. Ele teve de levar um... paciente até a outra ala. Devo lhes mostrar o caminho?

– Por favor.

"Mulher competente", o inspetor pensou consigo. "Parece ter registrado a coisa toda."

Ele a seguiu ao longo do corredor.

Durante os vinte minutos seguintes, a rotina dos procedimentos policiais se colocou devidamente em ação. O fotógrafo tirou as fotos necessárias. O médico-legista chegou e o dr. Maverick se juntou a ele. Meia hora depois, a ambulância já levara os restos mortais de Christian Gulbrandsen e o inspetor Curry iniciou seu interrogatório oficial.

Lewis Serrocold o levou até a biblioteca, e ele lançou um olhar penetrante às pessoas reunidas, fazendo breves anotações mentais. Uma idosa de cabelo branco, uma dama de meia-idade, a jovem bonita que ele vira dirigindo seu carro pelas estradas rurais, o marido desta, aquele americano de semblante fechado. Alguns jovens que, de uma maneira ou de outra, estavam envolvidos com a administração do lugar, e a mulher competente, srta. Bellever, que lhe telefonara e o recebera na chegada.

O inspetor Curry havia preparado de antemão um pequeno discurso e tratou de proferi-lo agora como planejado.

– Receio que tudo isso seja muito perturbador para vocês – falou – e espero não tomar demais o tempo de todos nesta noite. Podemos examinar as coisas mais a fundo amanhã. Foi a srta. Bellever quem encontrou o corpo do sr. Gulbrandsen, e vou lhe pedir para me dar um esboço geral da situação de modo que poupemos repetições demasiadas. Sr. Serrocold, se o senhor quiser ir ao encontro da sua esposa, faça isso, por favor, e, quando tivermos terminado com a srta. Bellever, eu gostaria de conversar com o senhor. Está tudo bem claro? Talvez exista uma pequena sala por aqui na qual...

Lewis Serrocold disse:

– O meu gabinete, Jolly?

A srta. Bellever confirmou com a cabeça e falou:

– Eu ia justamente sugerir isso.

Ela foi na frente atravessando o Grande Salão, e o inspetor Curry a seguiu acompanhado por seu sargento assistente.

A srta. Bellever os acomodou e se acomodou de modo conveniente. Seria possível imaginar que ela, e não o inspetor Curry, estava encarregada da investigação.

Chegara o momento, no entanto, em que a iniciativa devia caber a ele. O inspetor Curry tinha voz e modos aprazíveis. Parecia calmo e sério e ligeiramente acanhado. Algumas pessoas cometiam o erro de subestimá-lo. Na verdade, ele era tão competente a seu modo quanto a srta. Bellever era no dela. Mas preferia não ficar ostentando esse fato.

Ele limpou a garganta.

– Eu já soube dos fatos principais através do sr. Serrocold. O sr. Christian Gulbrandsen era o filho mais velho do falecido Eric Gulbrandsen, fundador do Fundo e das Bolsas de Estudo Gulbrandsen... e o resto todo. Era um dos curadores deste lugar e chegou aqui ontem inesperadamente. Isso está correto?

– Sim.

O inspetor Curry ficou satisfeito com a concisão da dama. Prosseguiu:

– O sr. Serrocold estava fora da cidade, em Liverpool. Retornou hoje no início da noite, com o trem das seis e meia.

– Sim.

– Depois do jantar, o sr. Gulbrandsen anunciou sua intenção de trabalhar em seu quarto e deixou os demais convivas aqui quando o café já tinha sido servido. Correto?

– Sim.

– Pois bem, srta. Bellever, por favor, me conte com suas próprias palavras como veio a descobrir o corpo.

– Houve um incidente um tanto desagradável nesta noite. Um jovem, um paciente psicopata, ficou muito desequilibrado e ameaçou o sr. Serrocold com um revólver. Os dois estavam trancados na sala dele. Por fim o jovem disparou o revólver... o senhor pode ver os buracos das balas na parede ali. Por sorte o sr. Serrocold não foi ferido. Após efetuar os disparos, esse jovem ficou completamente arrasado. O sr. Serrocold me mandou buscar o dr. Maverick. Consegui fazer a ligação com o telefone da casa, mas ele não estava em sua sala. Encontrei-o com um de seus colegas e lhe dei a mensagem, e ele veio de imediato. No meu caminho de volta, fui até o quarto do sr. Gulbrandsen. Queria lhe perguntar se ele desejava qualquer coisa... leite quente, ou um uísque, antes de dar a noite por encerrada. Bati, mas não houve resposta, de modo que abri a porta. Vi que o sr. Gulbrandsen estava morto. Então liguei para os senhores.

– Quais entradas e saídas existem na casa? E como são resguardadas? Por acaso alguém de fora poderia ter entrado sem ser escutado ou visto?

– Qualquer pessoa poderia ter entrado pela porta lateral que dá para o terraço. Essa porta só é trancada quando todos nós vamos dormir, já que as pessoas entram e saem por ali para ir aos prédios do colégio.

– E vocês têm, acredito, entre 200 e 250 delinquentes juvenis no colégio?

– Sim. Mas os prédios do colégio são bem resguardados e patrulhados. Seria bem improvável, eu diria, que alguém conseguisse sair do colégio desacompanhado.

– Teremos de checar isso, é claro. Por acaso o sr. Gulbrandsen dera qualquer motivo para... digamos assim, rancor? Quaisquer decisões impopulares em sua política?

A srta. Bellever balançou a cabeça.

– Ah, não, o sr. Gulbrandsen não tinha absolutamente nenhuma relação com a administração do colégio ou com assuntos administrativos.

– Qual era o propósito de sua visita?

– Não faço a menor ideia.

– Mas o sr. Gulbrandsen ficou aborrecido ao constatar a ausência do sr. Serrocold e imediatamente decidiu esperar até o retorno dele, certo?

– Sim.

– Então ele veio definitivamente para falar com o sr. Serrocold?

– Sim. Mas seria... porque seria quase certamente um assunto relacionado ao instituto.

– Sim, é de se presumir. Ele teve uma conferência com o sr. Serrocold?

– Não, não houve tempo. O sr. Serrocold só chegou poucos momentos antes do jantar.

– Mas depois do jantar o sr. Gulbrandsen disse que tinha cartas importantes para escrever e se recolheu com esse propósito. Ele não sugeriu uma reunião com o sr. Serrocold?

A srta. Bellever hesitou.

– Não. Não, não sugeriu.

– Por certo isso foi um tanto estranho... visto que ele havia enfrentado a inconveniência de aguardar a volta do sr. Serrocold...

– Sim, foi estranho.

A estranheza do fato pareceu impactar a srta. Bellever pela primeira vez.

– O sr. Serrocold não o acompanhou até o quarto dele?

– Não. O sr. Serrocold permaneceu no salão.

– E a senhorita não faz ideia do horário em que o sr. Gulbrandsen foi assassinado?

– Creio ser possível que tenhamos escutado o primeiro tiro. Sendo esse o caso, foi às 9h23.

– Escutaram um tiro? E isso não os alarmou?

– As circunstâncias eram peculiares.

Ela explicou com maior detalhamento a cena entre Lewis Serrocold e Edgar Lawson que estivera se desenrolando.

– Então não ocorreu a ninguém que o tiro poderia de fato ter vindo de dentro da casa?

– Não. Não, eu certamente não acredito nisso. Ficamos todos tão aliviados, entenda, sabendo que o tiro não havia saído daqui...

A srta. Bellever acrescentou de uma maneira bastante sombria:

– Não se pode imaginar um assassinato e uma tentativa de assassinato na mesma casa na mesma noite.

O inspetor Curry reconheceu essa verdade.

– Mesmo assim, perceba – disse a srta. Bellever, de súbito –, acredito que isso foi o que me levou a ir até o quarto do sr. Gulbrandsen depois. Eu queria mesmo lhe perguntar se ele desejava qualquer coisa, mas era uma espécie de desculpa para eu me certificar de que tudo estava bem.

O inspetor a encarou fixamente por um momento.

– O que a levou a pensar que algo poderia não estar bem?

– Não sei. Acho que foi o disparo do lado de fora. Ninguém dera importância naquele momento. Mas depois o ruído voltou à minha mente. Eu disse a mim mesma que se tratava somente do escapamento do carro do sr. Restarick...

– Do carro do sr. Restarick?

– Sim. Alex Restarick. Ele chegou de carro nesta noite... chegou pouco após tudo isso ter acontecido.

– Certo. Quando descobriu o corpo do sr. Gulbrandsen, a senhora tocou em alguma coisa na sala?

– Claro que não – a srta. Bellever retrucou com um tom de repreensão. – Naturalmente eu sabia que nada podia ser tocado ou mexido. O sr. Gulbrandsen levara um tiro na cabeça, mas não havia nenhuma arma de fogo à vista, de modo que eu soube que era assassinato.

– E agora há pouco, quando a senhorita nos levou até o quarto, tudo estava exatamente como quando encontrou o corpo?

A srta. Bellever ponderou. Recostou-se no assento, estreitando os olhos. Ela tinha, o inspetor Curry pensou, uma dessas memórias fotográficas.

– Uma coisa estava diferente – ela disse. – Não havia nada na máquina de escrever.

– A senhorita quer dizer – falou o inspetor Curry – que quando entrou no quarto pela primeira vez o sr. Gulbrandsen estivera escrevendo uma carta na máquina de escrever e que essa carta foi removida desde então?

– Sim, tenho quase certeza de que vi a borda branca do papel despontando.

– Obrigado, srta. Bellever. Quem mais entrou naquele quarto antes da nossa chegada?

– O sr. Serrocold, é claro. Ele permaneceu lá quando eu vim receber os senhores. E a sra. Serrocold e Miss Marple entraram também. A sra. Serrocold insistiu.

– A sra. Serrocold e Miss Marple – disse o inspetor Curry. – Quem é Miss Marple?

– A senhora idosa com cabelos brancos. Foi amiga de escola da sra. Serrocold. Chegou de visita cerca de quatro dias atrás.

– Bem, muito obrigado, srta. Bellever. Tudo que nos contou está bastante claro. Vou examinar as coisas com a sra. Serrocold agora. Ah, mas talvez... Miss Marple é uma senhora idosa, não? Vou só trocar uma palavra com ela primeiro e aí ela poderá ir se deitar. É meio cruel deixar acordada uma idosa dessa maneira – disse o inspetor Curry, virtuoso. – Isso deve ter sido um choque para ela.

– Devo avisá-la?

– Por favor.

A srta. Bellever saiu. O inspetor Curry olhou para o teto.

– Gulbrandsen? – ele disse. – Por que Gulbrandsen? Duzentos rapazes desajustados nas dependências. Nenhuma razão para que não fosse algum deles o criminoso. Provavelmente um deles foi o assassino. Mas por que Gulbrandsen? O estranho no local.

O sargento Lake disse:

– É claro que não sabemos tudo ainda...

O inspetor Curry retrucou:

– Até aqui, não sabemos nada em absoluto.

O inspetor saltou de pé e se mostrou galante quando Miss Marple entrou. A idosa parecia um pouco afobada e ele se apressou em deixá-la à vontade.

– Tente não se afligir, madame.

"As velhas gostam de madame", ele pensou. "Para elas, policiais eram definitivamente gente das classes mais baixas e deveriam demonstrar respeito perante gente superior."

– Tudo isso é muito perturbador, eu sei. Mas nós simplesmente precisamos esclarecer os fatos. Esclarecer tudo.

– Ah, sim, eu sei – disse Miss Marple. – É tão difícil, não é? Esclarecer toda e qualquer coisa, eu quero dizer. Porque, quando você está olhando para uma coisa, você não consegue olhar para outra. E a pessoa olha a coisa errada com tanta frequência, embora seja muito difícil dizer se isso acontece por acaso ou porque a pessoa é induzida a isso. Desorientação, como dizem os ilusionistas. Eles são tão espertos, não? E eu nunca *consegui* entender como é que eles fazem aquilo com o peixinho na tigela... porque na verdade a tigela não pode ser encolhida, pode?

O inspetor pestanejou um pouco e disse, tranquilizador:

– É isso mesmo. Pois bem, madame, a srta. Bellever me fez um relato dos acontecimentos desta noite. Um momento de tremenda ansiedade para vocês todos, eu tenho certeza.

– Sim, de fato. Foi tudo tão *dramático*, sabe...

– Primeiro esse tumulto entre o sr. Serrocold e... – ele conferiu uma anotação que fizera – certo Edgar Lawson.

– Um jovem muito esquisito – disse Miss Marple. – Senti desde o começo que havia algo de errado com ele.

– Aposto que sentiu – falou o inspetor Curry. – E depois, passada essa comoção, houve a morte do sr. Gulbrandsen. Eu soube que a senhorita entrou no quarto com a sra. Serrocold para ver o... hã... o corpo.

– Sim, entrei. Ela me pediu para acompanhá-la. Somos amigas muito antigas.

– Isso mesmo. E a senhorita foi junto até o quarto do sr. Gulbrandsen. Qualquer uma de vocês tocou em alguma coisa enquanto estava no quarto?

– Ah, não. O sr. Serrocold nos advertiu que não devíamos.

– Chegou a notar, madame, se havia uma carta ou uma folha de papel, digamos, na máquina de escrever?

– Não havia – Miss Marple respondeu prontamente. – Notei isso de imediato porque me pareceu esquisito. O sr. Gulbrandsen estava ali sentado diante da máquina de escrever, portanto devia ter estado datilografando algo. Sim, considerei muito esquisito.

O inspetor Curry lhe lançou um olhar penetrante. Falou:

– Chegou a ter alguma conversa com o sr. Gulbrandsen enquanto ele esteve aqui?

– Quase nada.

– Não há nada de especial... ou de significativo de que a senhorita consiga se lembrar?

Miss Marple ponderou.

– Ele me perguntou sobre a saúde da sra. Serrocold. Em particular sobre o coração dela.

– O coração dela? Existe algo de errado com o coração dela?

– Nada em absoluto, até onde eu sei.

O inspetor Curry ficou calado por alguns instantes e então falou:

– A senhorita ouviu um tiro nesta noite durante a discussão entre o sr. Serrocold e Edgar Lawson?

– Não ouvi nada. Sou um pouco surda, sabe... Mas a sra. Serrocold mencionou que tinha sido lá fora, no parque.

– O sr. Gulbrandsen deixou o grupo imediatamente após o jantar, segundo eu soube...

– Sim, ele falou que precisava escrever algumas cartas.

– Ele não demonstrou nenhum desejo por uma reunião de negócios com o sr. Serrocold?

– Não.

Miss Marple acrescentou:

– É que os dois já tinham conversado um pouco.

– Tinham? Quando? Eu soube que o sr. Serrocold só retornou para casa pouco antes do jantar.

– É bem verdade, mas ele veio caminhando pelo parque, e o sr. Gulbrandsen saiu para encontrá-lo e os dois caminharam juntos de um lado ao outro pelo terraço.

– Quem mais sabe disso?

– Eu imagino que ninguém mais – disse Miss Marple. – A menos, é claro, que o sr. Serrocold tenha contado à sra. Serrocold. Aconteceu justamente de eu estar olhando pela minha janela... observando certos pássaros.

– Pássaros?

– Pássaros – Miss Marple acrescentou depois de alguns instantes. – Achei que talvez pudessem ser pintassilgos.

O inspetor Curry não estava interessado em pintassilgos.

– Não aconteceu de a senhorita... – ele falou com delicadeza – hã... escutar por acaso alguma coisa daquilo que os dois falavam?

Olhos inocentes de porcelana azul se defrontaram com os dele.

– Apenas fragmentos, eu receio – Miss Marple disse com suavidade.

– E esses fragmentos...

Miss Marple ficou calada por um momento e então falou:

– Não sei qual era o verdadeiro tema da conversação dos dois, mas a preocupação imediata era impedir que seja lá o que fosse chegasse ao conhecimento da sra. Serrocold. Poupá-la... essa foi a expressão do sr. Gulbrandsen, e o sr. Serrocold disse: "Concordo que é ela quem deve ser considerada". Também mencionaram uma "grande responsabilidade" e que deveriam, talvez, "ouvir o conselho de alguém de fora".

Ela fez uma pausa.

– O senhor sabe, eu creio, que seria melhor questionar o próprio sr. Serrocold sobre tudo isso.

– Faremos isso, madame. Pois bem, houve mais alguma coisa que lhe pareceu incomum nesta noite?

Miss Marple ponderou.

– Foi tudo tão incomum, se o senhor entende o que eu quero dizer...

– Entendo, sim. Entendo, sim.

Algo tremeluziu na memória de Miss Marple.

– Houve um incidente um tanto incomum. O sr. Serrocold não deixou que a sra. Serrocold tomasse seu remédio. A srta. Bellever ficou bastante desconcertada por causa disso.

Ela sorriu de uma maneira depreciativa.

– Mas isso, é claro, é uma coisa tão insignificante...

– Sim, é claro. Bem, obrigado, Miss Marple.

Enquanto Miss Marple saía da sala, o sargento Lake disse:

– Ela é velha, mas tem olho vivo...

Capítulo 10

Lewis Serrocold entrou no gabinete e no mesmo instante o foco ali se deslocou por inteiro. Ele se virou para fechar a porta atrás de si e, fazendo isso, criou uma atmosfera de privacidade. Avançou gabinete adentro e se sentou, não na cadeira que Miss Marple desocupara pouco antes, mas em sua própria cadeira atrás da escrivaninha. A srta. Bellever instalara o inspetor Curry numa cadeira puxada para um dos lados da escrivaninha, como se tivesse reservado inconscientemente a cadeira de Lewis Serrocold para sua chegada.

Depois de sentar, Lewis Serrocold olhou com ar pensativo para os dois policiais. Seu rosto parecia retorcido e cansado. Era o rosto de um homem que passava por uma severa provação, e o fato deixou o inspetor Curry um pouco surpreso, porque, embora a morte de Christian Gulbrandsen inquestionavelmente tivesse sido um choque para Lewis Serrocold, mesmo assim Gulbrandsen não era um amigo íntimo ou parente, tendo com ele apenas uma ligação remota em função do casamento.

De uma maneira estranha, a situação parecia ter sido invertida. Não parecia que Lewis Serrocold entrara na sala para responder ao questionamento da polícia. Parecia mais que Lewis Serrocold chegara para presidir um tribunal de inquérito. Isso irritou um pouco o inspetor Curry.

Ele falou num tom enérgico:

– Pois bem, sr. Serrocold...

Lewis Serrocold ainda parecia perdido em pensamentos. Falou com um suspiro:

– Como é difícil saber a coisa certa que se deve fazer...

O inspetor Curry disse:

– Creio que *nós* vamos nos responsabilizar por isso, sr. Serrocold. Agora, em relação ao sr. Gulbrandsen, ele chegou inesperadamente, segundo eu soube...

– Bem inesperadamente.

– O senhor não sabia que ele estava vindo.

– Eu não fazia a menor ideia.

– E o senhor não faz a menor ideia do motivo pelo qual ele veio?

Lewis Serrocold respondeu tranquilamente:

– Ah, sim, eu sei o motivo pelo qual ele veio. Ele me contou.

– Quando?

– Eu vim a pé da estação. Ele estava olhando de dentro da casa e saiu ao meu encontro. Foi então que explicou o que o trouxera para cá.

– Negócios relacionados ao Instituto Gulbrandsen, eu suponho?

– Ah, não, não tinha a ver com o Instituto Gulbrandsen.

– A srta. Bellever parecia pensar que fosse esse o caso.

– É natural. Seria de se presumir. Gulbrandsen não fez nada para corrigir essa impressão. Tampouco eu.

– Por que, sr. Serrocold?

Lewis Serrocold respondeu devagar:

– Porque parecia importante para nós dois que não surgisse nenhum indício quanto ao verdadeiro propósito da visita dele.

– Qual era o verdadeiro propósito?

Lewis Serrocold ficou calado por alguns instantes. Suspirou.

– Gulbrandsen vinha para cá regularmente, duas vezes por ano, para reuniões com os curadores. A última reunião ocorrera somente um mês atrás. Por consequência, ele só deveria voltar dali a cinco meses. Acredito, portanto, que qualquer um poderia perceber que o assunto que o trazia devia sem dúvida ser assunto urgente, mas mesmo assim acredito que a suposição normal seria de que se tratava *mesmo* de uma visita de negócios e de que o assunto, por mais urgente que fosse... seria um assunto da fundação. Até onde eu sei, Gulbrandsen não fez nada para contradizer essa impressão... ou pensou não ter feito. Sim, talvez isso seja mais próximo da verdade... ele pensou não ter feito.

– Eu receio, sr. Serrocold, que não estou entendendo direito.

Lewis Serrocold não respondeu de pronto. Depois falou num tom grave:

– Compreendo plenamente que com a morte de Gulbrandsen... que foi um assassinato, inegavelmente um assassinato... preciso apresentar todos os fatos ao senhor. Mas, francamente, estou preocupado com a paz de espírito e a felicidade da minha esposa. Não cabe a mim impor algo ao senhor, inspetor, mas, se puder encontrar um meio de manter certas coisas fora do conhecimento dela na maior medida possível, eu ficarei grato. Isso, inspetor Curry, porque Christian Gulbrandsen veio expressamente me informar de sua crença de que a minha esposa estava sendo lenta e friamente envenenada.

– O quê? – Curry se inclinou à frente incrédulo.

Serrocold assentiu com a cabeça.

– Sim, isso foi, como deve imaginar o senhor, um tremendo choque para mim. Eu mesmo não desconfiara de tal coisa nem de longe, mas, tão logo Christian me contou, percebi que certos sintomas dos quais minha esposa se queixara nos últimos tempos eram de todo compatíveis com essa crença. O que ela julgava ser reumatismo, câimbras nas pernas, dores e náuseas ocasionais. Tudo isso se encaixa muito bem *nos sintomas do envenenamento por arsênico.*

– Miss Marple nos contou que Christian Gulbrandsen lhe perguntou a condição do coração da sra. Serrocold.

– Perguntou, é? Isso é interessante. Creio que, na suposição dele, um veneno para o coração seria usado para forjar o cenário de uma morte súbita sem suspeitas indevidas. Mas eu, pessoalmente, considero que o arsênico é mais provável.

– O senhor não tem nenhuma dúvida, então, de que as suspeitas de Christian Gulbrandsen eram bem fundamentadas?

– Sim, nenhuma dúvida. Para começar, Gulbrandsen dificilmente viria me procurar com uma sugestão dessas a menos que tivesse plena certeza dos fatos. Ele era um homem cauteloso e cabeça-dura, difícil de convencer, mas muito sagaz.

– Quais eram as provas que ele tinha?

– Não tivemos tempo de aprofundar isso. A nossa conversa foi apressada, só serviu ao propósito de explicar sua visita e para um acordo mútuo de que nada em absoluto deveria ser dito à minha esposa sobre a questão até que tivéssemos certeza quanto aos fatos.

– E ele tinha alguma suspeita da pessoa que estava ministrando o veneno?

– Ele não disse, e, na verdade, acho que não sabia. *Pode* ter suspeitado. Penso agora que provavelmente suspeitava... caso contrário, por que razão teria sido assassinado?

– Mas não mencionou nenhum nome ao senhor?

– Não mencionou nenhum nome. Combinamos que deveríamos investigar a questão a fundo, e Gulbrandsen sugeriu que solicitássemos o conselho e a cooperação do dr. Galbraith, o bispo de Cromer. O dr. Galbraith é um amigo de longa data dos Gulbrandsen e um dos curadores do instituto. É um homem de grande sabedoria e experiência e daria conforto e auxílio inestimáveis à minha esposa se... se fosse necessário lhe revelar as nossas suspeitas. Pretendíamos nos basear em seu conselho para consultar ou não a polícia.

– Um tanto extraordinário – disse Curry.

– Gulbrandsen nos deixou após o jantar para escrever ao dr. Galbraith. Estava efetivamente no ato de datilografar uma carta para ele quando foi baleado.

– Como é que o senhor sabe disso?

Lewis respondeu com calma:

– Porque tirei a carta da máquina. Eu a tenho comigo.

Do bolso da camisa, sacou uma folha dobrada de papel datilografado e a entregou para Curry.

Este último falou com rispidez:

– O senhor não devia ter feito isso, tampouco tocado em qualquer coisa no quarto.

– Não toquei em nada mais. Sei que cometi uma infração imperdoável no seu entender ao retirar a folha, mas eu tinha uma razão muito forte. Tinha certeza de que a minha esposa insistiria em entrar no quarto e temia que ela pudesse ler algum trecho do que estava escrito aí. Reconheço que agi errado, mas temo que faria o mesmo de novo. Faria qualquer coisa... *qualquer coisa...* para poupar a minha esposa de uma infelicidade.

O inspetor Curry não disse mais nada de momento. Leu a folha datilografada.

Caro dr. Galbraith.
Se for em alguma medida possível, rogo-lhe que venha para Stonygates tão logo receba esta carta. Surgiu uma crise de gravidade extraordinária e sequer sei como começar a lidar com ela. Sei o quão profundo é o seu afeto pela nossa querida Carrie Louise, e o quão grave a sua preocupação será por qualquer coisa que possa afetá-la. O quanto ela precisa saber? O quanto podemos manter longe do conhecimento dela? Essas são as perguntas que tenho dificuldade para responder.
Falando sem rodeios, tenho razões para crer que a doce e inocente senhora está sendo lentamente envenenada. Minha primeira suspeita disso me ocorreu quando...

Aqui a carta terminava abruptamente.

Curry disse:

– E quando chegou a este ponto Christian Gulbrandsen foi baleado?

– Sim.

– Mas por que raios a carta ficou na máquina de escrever?

– Só posso conceber duas razões: uma, que o assassino não fazia ideia de quem era o destinatário da carta que Gulbrandsen estava escrevendo e de qual era seu tema. Em segundo lugar, ele pode não ter tido tempo. Pode ter escutado que alguém se aproximava e só ter tido tempo para escapar sem ser visto.

– E Gulbrandsen não lhe deu nenhuma pista da pessoa de quem suspeitava... se é que suspeitava de alguém?

Houve talvez uma brevíssima pausa antes da resposta de Lewis.

– Nenhuma em absoluto.

Ele acrescentou, um tanto obscuramente:

– Christian era um homem muito justo.

– Como o senhor imagina que esse veneno, arsênico ou seja lá o que for... estava ou está sendo ministrado?

– Fiquei pensando nisso enquanto trocava de roupa para o jantar, e me pareceu que o meio mais provável era certo remédio, um tônico, que a minha esposa estava tomando. No que diz respeito à comida, todos nós compartilhamos os mesmos pratos e nada é preparado em especial para minha esposa. Mas qualquer um poderia botar arsênico no frasco do remédio.

– Precisamos pegar o remédio para fazer uma análise.

Lewis disse tranquilamente:

– Já tenho uma amostra. Peguei-a nesta noite antes do jantar.

De uma gaveta na escrivaninha ele tirou um pequeno frasco tampado com rolha contendo um líquido vermelho.

O inspetor Curry falou com um olhar de curiosidade:

– O senhor pensa em tudo, sr. Serrocold.

– Acredito em agir prontamente. Nesta noite, impedi a minha esposa de tomar sua dose habitual. O remédio ainda está num copo na cômoda de carvalho do salão... o frasco de tônico propriamente dito está na sala de jantar.

Curry inclinou-se à frente por cima da mesa. Baixou sua voz e falou num tom de confidência, sem caráter oficial.

– Queira me desculpar, sr. Serrocold, mas *por que*, exatamente, tanta ânsia por manter a sua esposa na ignorância do fato? Tem medo de que ela entre em pânico? Certamente, para o próprio bem dela, seria melhor que fosse advertida.

– Sim... sim, de fato poderia ser melhor. Mas não creio que o senhor esteja entendendo bem. Sem conhecer a minha esposa Caroline, isso seria difícil. A minha esposa, inspetor Curry, é uma idealista, uma pessoa completamente crédula. Dela pode ser dito verdadeiramente que não vê mal algum, não ouve mal algum, não fala mal algum. Seria inconcebível para ela que alguém pudesse desejar matá-la. Mas precisamos avançar além disso. Não é apenas "alguém". Trata-se... com toda a certeza o senhor se dá conta disso... de uma pessoa possivelmente muito próxima e querida para ela...

– Então isso é o que o senhor pensa?

– Precisamos encarar os fatos. Aqui, ao alcance da mão, temos umas duzentas personalidades deformadas e atrofiadas que se expressaram com frequência suficiente por meio de uma violência crua e gratuita. Pela própria natureza das coisas, porém, nenhuma *delas* pode ser suspeita neste caso. Um envenenador lento é alguém vivendo na intimidade da vida familiar. Pense nas pessoas que estão aqui nesta casa: o marido dela, a filha, a neta, o marido da neta, o enteado que ela considera como se fosse seu próprio filho, a srta. Bellever, companheira devotada e amiga de vários anos. Todas muito próximas e queridas para Caroline... no entanto, é preciso levantar a suspeita: será uma delas?

Curry falou devagar:

– *Há* pessoas de fora...

– Sim, num certo sentido. Há o dr. Maverick, um ou dois funcionários ficam várias vezes conosco, há os empregados... mas, francamente, que motivo poderiam ter?

O inspetor Curry disse:

– E há o jovem... como é mesmo o nome dele? Edgar Lawson?

– Sim. Mas ele só começou a vir para cá como visitante casual faz bem pouco tempo. Não tem nenhum motivo possível. Além disso, é profundamente apegado a Caroline... como todos os demais.

– Mas ele é desequilibrado. E o ataque dele ao senhor nesta noite?

Serrocold afastou a ideia com a mão, impaciente.

– Pura criancice. Ele não tinha intenção nenhuma de me machucar.

– Nem com esses dois buracos de bala na parede? Ele atirou no senhor, não atirou?

– Não era sua intenção me acertar. O jovem estava representando, nada mais.

– Uma forma um tanto perigosa de representar, sr. Serrocold.

– O senhor não está entendendo. Precisa conversar com o nosso psiquiatra, o dr. Maverick. Edgar é filho ilegítimo. Ele se consolou pela ausência de um pai e pela origem humilde fingindo ser filho de um homem célebre. É um fenômeno bem conhecido, eu lhe garanto. Estava melhorando, melhorando muito. Então, por algum motivo, teve uma regressão. Identificou-me como "pai" e fez um ataque melodramático, brandindo um revólver e proferindo ameaças. Não fiquei nem um pouco alarmado. Quando Edgar de fato disparou o revólver, teve um colapso, e o dr. Maverick o levou embora e lhe deu um sedativo. Ele provavelmente estará bastante normal amanhã de manhã.

– O senhor não deseja prestar queixa contra ele?

– Essa seria a pior coisa possível... para ele, eu quero dizer.

– Francamente, sr. Serrocold, parece-me que ele deveria ser internado. Pessoas que saem por aí disparando revólveres para fortalecer o ego... É preciso pensar na comunidade...

– Converse com o dr. Maverick sobre o assunto – instou Lewis. – Ele vai lhe dar o ponto de vista profissional. De todo modo – acrescentou Lewis –, o pobre Edgar certamente não atirou em Gulbrandsen. Ele estava aqui ameaçando atirar em *mim*.

– É nesse ponto que eu estava querendo chegar, sr. Serrocold. Já cobrimos o lado de fora. Qualquer um, ao que parece, poderia ter entrado pelo *lado de fora* e atirado no sr. Gulbrandsen, uma vez que a porta do terraço estava destrancada. Mas há um campo mais estreito *dentro* da casa, e, em vista do que o senhor me contou agora, parece-me que deveríamos prestar a maior das atenções a esse lado. Parece ser possível que, com exceção da velha Miss... hã... sim, Marple, que por acaso estava olhando da janela do quarto dela, ninguém ficou sabendo que o senhor já tivera uma conversa particular com Christian Gulbrandsen. Sendo esse o caso, Gulbrandsen pode ter sido baleado para que fosse impedido de comunicar suas suspeitas ao senhor. Claro, é muito cedo ainda para dizer que outros motivos poderiam existir. Presumo que o sr. Gulbrandsen fosse um homem rico...

– Sim, ele era um homem muito rico. Tem filhos e filhas e netos... todos os quais provavelmente vão se beneficiar com sua morte. Mas não creio que algum familiar dele se encontre no país, e todos são pessoas de recursos e altamente respeitáveis. Até onde sei, não há nenhuma ovelha negra na família.

– Ele tinha inimigos?

– Eu consideraria isso muito improvável. Ele era... na verdade, ele não era esse tipo de homem.

– Então tudo se reduz, não é mesmo, a esta casa e às pessoas dentro dela... Quem de *dentro* da casa poderia tê-lo matado?

Lewis Serrocold respondeu devagar:

– Acho difícil dizer. Há os criados e os membros da minha família e os nossos hóspedes. No ponto de vista do senhor, são todos possibilidades, eu suponho. Só posso lhe dizer que, até onde sei, todos menos os criados estavam no Grande Salão quando Christian o deixou, e, enquanto eu estive lá, ninguém saiu.

– Ninguém mesmo?

– Acho... – Lewis franziu a testa num esforço de recordação. – Ah, sim. Algumas das luzes tiveram curto-circuito... o sr. Walter Hudd saiu para resolver isso.

– Ele é o jovem cavalheiro americano?

– Sim... É claro, não sei o que se passou depois que Edgar e eu entramos aqui.

– E o senhor não pode me dar nada mais minucioso do que isso, sr. Serrocold?

Lewis Serrocold balançou a cabeça.

– Não. Receio não poder ajudá-lo. Tudo é... tudo é um tanto inconcebível.

O inspetor Curry suspirou e disse:

– O sr. Gulbrandsen foi baleado com uma pequena pistola automática. O senhor sabe se alguém na casa possui uma arma como essa?

– Não faço ideia, eu consideraria isso muito improvável.

O inspetor Curry suspirou mais uma vez e falou:

– O senhor pode dizer a todos que podem ir se deitar. Vou falar com eles amanhã de manhã.

Quando Serrocold já saíra da sala, o inspetor Curry perguntou para Lake:

– Bem... o que você acha?

– Ele sabe... ou acha que sabe quem matou – disse Lake.

– Sim. Concordo com você. E não está gostando nem um pouco...

Capítulo 11

I

Gina cumprimentou Miss Marple com afobação quando esta desceu para o café na manhã seguinte.

– Os policiais estão aqui de novo – ela disse. – Estão na biblioteca desta vez. Wally está absolutamente fascinado por eles. Não consegue entender que sejam tão tranquilos e distantes. Acho que ele está realmente bastante empolgado com a coisa toda. Eu não estou. Odeio tudo isso. Acho que é horrível. Por que será que eu me sinto tão aborrecida? Por ser meio italiana?

– Muito possivelmente. No mínimo, talvez isso explique por que você não se importa em demonstrar o que sente – Miss Marple sorriu bem de leve ao fazer essa afirmação.

– Jolly está terrivelmente zangada – disse Gina, pendurando-se no braço de Miss Marple e a impelindo rumo à sala de jantar. – Acho que na verdade é porque a polícia está no comando e ela não pode exatamente "mandar" neles como manda em todas as outras pessoas. Alex e Stephen – Gina continuou num tom severo, enquanto as duas entravam na sala de jantar, onde os dois irmãos terminavam seu café da manhã – simplesmente não ligam.

– Gina, meu anjo – disse Alex –, é muita crueldade da sua parte. Bom dia, Miss Marple. Eu ligo, sim, com todas as minhas forças. Exceto pelo fato de que eu mal conhecia o seu tio Christian, eu sou com enorme vantagem o melhor suspeito. Você se dá conta disso, eu espero.

– Por quê?

– Bem, eu estava chegando de carro bem na hora certa, segundo parece. E eles andaram checando as coisas, e parece que eu levei tempo demais entre o porteiro e a casa... tempo suficiente, essa é a implicação, para sair do carro, correr em volta da casa, entrar pela porta lateral, atirar em Christian e sair às pressas para voltar ao carro.

– E o que é que você estava realmente fazendo?

– Eu achava que garotinhas aprendiam bem cedo a não fazer perguntas indelicadas. Como um idiota, fiquei testando por vários minutos o efeito da neblina nos faróis e pensando como é que eu faria para obter esse efeito num palco. Para o meu novo balé, que se passa em Limehouse.

– Mas você pode lhes dizer isso!

– Naturalmente. Mas você sabe como são os policiais. Eles dizem "obrigado" com grande cortesia e anotam tudo, e você não faz a menor ideia do que *é* que estão pensando... você só sente mesmo que eles reagem a tudo com ceticismo.

– Eu me divertiria vendo você em maus lençóis, Alex – Stephen falou com seu sorrisinho cruel. – Já *eu* estou em ótima situação! Não saí do salão em nenhum momento ontem à noite.

Gina exclamou:

– Mas eles não poderiam de modo algum pensar que tivesse sido um de *nós*!

Seus olhos escuros se mostravam arregalados e consternados.

– Não diga que só pode ter sido um vagabundo, querida – disse Alex, servindo-se generosamente de geleia. – É tão banal...

A srta. Bellever enfiou a cabeça pela porta e perguntou:

– Miss Marple, quando tiver terminado seu café da manhã, a senhorita poderia vir até a biblioteca?

– A senhorita de novo – disse Gina. – Antes de qualquer um de nós.

Ela parecia um pouco ofendida.

– Ei, o que foi isso? – Alex perguntou.

– Não escutei nada – disse Stephen.

– Foi um tiro de pistola.

– Eles estão dando tiros no quarto em que o tio Christian foi assassinado – disse Gina. – Não sei por quê. E lá fora também.

A porta se abriu de novo e Mildred Strete entrou. Usava um traje preto com um rosário de ônix. Murmurou bom-dia sem olhar para ninguém e se sentou.

Falou em voz baixa:

– Um pouco de chá, por favor, Gina. Nada de mais para comer... só uma torrada.

Tocou o nariz e os olhos delicadamente com o lenço que segurava numa das mãos. Então levantou a cabeça e fitou os dois irmãos como quem olha para o nada. Stephen e Alex ficaram desconfortáveis. Suas vozes tornaram-se quase sussurrantes, e, pouco depois, os dois se levantaram e saíram.

Mildred Strete, sem que se pudesse saber se estava se dirigindo ao universo ou a Miss Marple, disse:

– Nem mesmo um traje formal!

– Não suponho – disse Miss Marple em tom de desculpa – que soubessem de antemão que haveria um assassinato.

Gina deixou escapar um som abafado e Mildred Strete lhe lançou um olhar ríspido.

– Onde está Walter nesta manhã? – ela perguntou.

Gina corou.

– Não sei. Não o vi.

Ela ficou imóvel em seu assento, como uma criança culpada.

Miss Marple se levantou.

– Vou à biblioteca agora – disse.

II

Lewis Serrocold estava de pé junto à janela na biblioteca.

Não havia ninguém mais no recinto.

Ele se voltou com a entrada de Miss Marple e avançou para recebê-la, tomando a mão dela com a sua.

– Espero – disse – que a senhorita não esteja se sentindo muito mal devido ao choque. Ficar tão perto de algo que é inquestionavelmente um assassinato deve provocar uma grande tensão em qualquer pessoa que nunca tenha entrado em contato com tal coisa.

A modéstia impediu Miss Marple de responder que já estava, por aquela altura, bastante familiarizada com assassinatos. Ela limitou-se a dizer que a vida em St. Mary Mead não era exatamente tão resguardada quanto as pessoas de fora imaginavam.

– Coisas muito sórdidas acontecem num vilarejo, eu lhe garanto – ela falou. – Você tem uma oportunidade de estudar coisas que nunca veria numa cidade.

Lewis Serrocold a escutava com indulgência, mas somente com metade de suas atenções. Falou com grande simplicidade:

– Preciso da sua ajuda.

– Mas é claro, sr. Serrocold.

– É um problema que afeta a minha esposa... afeta Caroline. A senhorita é realmente muito afeiçoada por ela, eu creio...

– Sim, sem dúvida. Todo mundo é.

– É nisso que eu acreditava. Ao que parece, estou equivocado. Com a permissão do inspetor Curry, vou lhe contar algo que ninguém mais sabe até aqui. Ou talvez fosse melhor dizer que apenas uma pessoa sabe.

De modo sucinto, Lewis Serrocold lhe contou o que havia contado ao inspetor Curry na noite anterior.

Miss Marple exibiu uma expressão horrorizada.

– Não consigo acreditar, sr. Serrocold. Realmente não consigo acreditar.

– Foi o que eu senti quando Christian Gulbrandsen me contou.

– Eu teria dito que Carrie Louise não tinha um único inimigo no mundo.

– Parece incrível que tenha. Mas a senhorita entende a implicação? Envenenamento... um lento envenenamento... envolve intimidade familiar. Só pode ser alguém do nosso pequeno e coeso ambiente de família...

– Se for *verdade*. Tem certeza de que o sr. Gulbrandsen não estava enganado?

– Christian não estava enganado. Ele é um homem cauteloso demais para fazer uma afirmação como essa sem fundamento. Além disso, a polícia levou um frasco de remédio de Caroline e uma amostra separada do conteúdo. Encontraram arsênico em ambos... e não constava nada de arsênico na receita. Os efetivos testes quantitativos vão demorar mais tempo... mas o fato efetivo da presença de arsênico está estabelecido.

– Então o reumatismo dela... a dificuldade de caminhar... tudo isso...

– Sim, as câimbras na perna são típicas, eu soube. Além disso, antes da sua visita, Caroline teve um ou dois fortes ataques de natureza gástrica... eu sequer tinha sonhado até a chegada de Christian...

Ele se interrompeu. Miss Marple exclamou com suavidade:

– Então Ruth estava certa!

– Ruth? – Lewis Serrocold pareceu surpreso.

Miss Marple corou.

– Há uma coisa que eu não lhe contei. A minha vinda não foi de todo fortuita. Se o senhor me permitir uma explicação... receio ser péssima em contar qualquer coisa. Por favor, tenha paciência.

Lewis Serrocold prestou atenção enquanto Miss Marple lhe falava sobre a inquietação e a urgência de Ruth.

– Extraordinário – ele comentou. – Eu não fazia ideia disso.

– Era tudo tão vago... – disse Miss Marple. – A própria Ruth não sabia explicar por que tinha essa sensação. Deve haver um motivo... pela minha experiência, sempre há... mas "algo de errado" foi a coisa mais precisa que ela conseguiu expressar.

Lewis Serrocold falou, lúgubre:

– Ora, parece que ela estava certa. Pois bem, Miss Marple, a senhorita entende a minha posição... Devo contar isso para Carrie Louise?

Miss Marple respondeu prontamente "Não, não" com voz perturbada, para então corar e fitar Lewis de modo indeciso. Ele assentiu com a cabeça.

– Então a senhorita pensa como eu? Como Christian Gulbrandsen pensava? Deveríamos pensar dessa maneira em relação a uma mulher normal?

– Carrie Louise *não* é uma mulher normal. Ela vive motivada por sua confiança, por sua crença na natureza humana... minha nossa, estou me expressando muito mal. Mas acho mesmo que até descobrirmos quem...

– Sim, esse é o ponto crucial. Mas entenda, Miss Marple, que existe um risco em não dizer nada.

– E portanto o senhor quer que eu... como posso dizer... fique de olho nela?

– Entenda, a senhorita é a única pessoa na qual eu posso confiar – Lewis Serrocold falou objetivamente. – Todos aqui *parecem* ser devotados. Mas são mesmo? Porém, a ligação da senhorita com Caroline já data de muitos anos.

– E além disso eu só cheguei poucos dias atrás – Miss Marple falou de modo pertinente.

Lewis Serrocold sorriu.

– Exato.

– É uma questão bastante mercenária – disse Miss Marple num tom de desculpa. – Mas quem exatamente se beneficiaria se a pobre Carrie Louise acabasse morrendo?

– Dinheiro! – Lewis exclamou amargamente. – Tudo sempre se reduz ao dinheiro, não é mesmo?

– Bem, eu realmente penso que deve ser isso neste caso. Porque Carrie Louise é uma pessoa muito doce, dotada de grande charme, e é impossível imaginar que alguém não goste dela. Ela não poderia, quero dizer, ter um *inimigo*. Então tudo de fato se reduz, como falou o senhor, a uma questão de dinheiro, porque, não preciso lhe dizer, sr. Serrocold, as pessoas com bastante frequência são capazes de fazer qualquer coisa por dinheiro.

– Suponho que sejam, sim.

Ele prosseguiu:

– Naturalmente, o inspetor Curry já levantou esse ponto. O sr. Gilfoy está vindo hoje de Londres e poderá fornecer informações detalhadas. Gilfoy, Gilfoy, Jaimes e Gilfoy, um escritório de advocacia muito eminente. O pai desse Gilfoy foi um dos curadores originais, e eles elaboraram tanto o testamento de Caroline como o testamento original de Eric Gulbrandsen. Vou resumi-los em termos simples para a senhorita...

– Obrigada – disse Miss Marple com gratidão. – As questões legais sempre me parecem tão complicadas...

– Eric Gulbrandsen, após doações ao colégio e a várias bolsas e fundos e outros legados caridosos, e tendo fixado uma soma idêntica para sua filha Mildred e para sua filha adotiva Pippa (a mãe de Gina), deixou o restante de sua vasta fortuna sob custódia, sendo que os rendimentos deveriam ser pagos a Caroline de maneira vitalícia.

– E após a morte dela?

– Após a morte dela, a fortuna deveria ser dividida em partes iguais entre Mildred e Pippa... ou seus filhos, caso elas tivessem morrido antes de Caroline.

– Então, com efeito, o dinheiro iria para a sra. Strete e para Gina.

– Sim. Caroline tem também uma fortuna pessoal bastante considerável... ainda que não na categoria de Gulbrandsen. Metade ela me transferiu quatro anos atrás. Do montante remanescente, deixou 10 mil libras para Juliet Bellever e o resto dividido em partes iguais entre Alex e Stephen Restarick, seus dois enteados.

– Minha nossa – disse Miss Marple. – Isso é ruim. Isso é péssimo.

– Como assim?

– Significa que todos na casa tinham uma motivação financeira.

– Sim. No entanto, entenda, não consigo acreditar que qualquer uma dessas pessoas cometeria um assassinato. Simplesmente não consigo... Mildred é filha dela... e já está bem provida de recursos. Gina adora sua avó. É generosa e extravagante, mas não tem desejos aquisitivos. Jolly Bellever é fanaticamente dedicada a Caroline. Os dois Restarick gostam de Caroline como se ela fosse de fato mãe deles. Não têm qualquer recurso digno de nota, mas uma bela parte dos rendimentos de Caroline tem sido empregada no financiamento de suas empreitadas... em especial nas de Alex. Simplesmente não consigo acreditar que um dos dois pudesse envenená-la de modo deliberado para herdar dinheiro com sua morte. Simplesmente não consigo acreditar em nada disso, Miss Marple.

– Há o marido de Gina, não há?

– Sim – Lewis respondeu num tom grave. – Há o marido de Gina.

– De fato, ninguém sabe muito a respeito dele. E não há como evitar a constatação de que se trata de um jovem muito infeliz.

Lewis suspirou.

– Ele não se adaptou bem aqui... não. Não tem interesse ou simpatia pelo trabalho que estamos tentando fazer. Mas, afinal de contas, por que deveria? Ele é jovem, imaturo, e vem de um país no qual um homem é estimado pelo sucesso que obtém na vida.

– Ao passo que aqui nós temos tanto apreço por fracassos – disse Miss Marple.

Lewis Serrocold olhou para ela com secura e desconfiança.

Ela corou um pouco e murmurou de forma um tanto incoerente:

– Acho que às vezes, sabe, a pessoa pode cometer excessos no sentido contrário... quero dizer, jovens com boa herança e criados de modo sensato num bom lar... e com fibra e garra e capacidade de progredir na vida... bem, essas são na verdade, quando pensamos bem, as pessoas das quais um país *necessita*.

Lewis Serrocold franziu o cenho e Miss Marple prosseguiu às pressas, ficando cada vez mais rosada e mais incoerente:

– Não que eu não valorize... valorizo mesmo... o senhor e Carrie Louise... um trabalho verdadeiramente nobre... verdadeira compaixão, e todo mundo deveria ter compaixão... porque, afinal de contas, o que conta é o que as pessoas *são*... sorte e azar... e todos sempre esperam muito mais (e com justiça) dos afortunados. Mas às vezes acho mesmo que o senso de proporção da pessoa... ah, não estou me referindo ao *senhor*, sr. Serrocold. Realmente não sei *o que* estou querendo dizer... mas os ingleses *são* um tanto esquisitos nesse sentido. Até mesmo na guerra, tão mais orgulhosos de suas derrotas e retiradas do que de suas vitórias. Os estrangeiros nunca conseguem entender por que nos orgulhamos tanto de Dunquerque. É o tipo de coisa que eles mesmos iriam preferir não mencionar. Mas nós sempre parecemos nos sentir quase embaraçados com uma vitória... e tratá-la como se não fosse de todo adequado ficar contando vantagem. E pense em todos os nossos poetas! A Carga da Brigada Ligeira, e o pequeno *Revenge* afundando em águas espanholas... É de fato uma característica muito esquisita, pensando bem!

Miss Marple renovou o fôlego.

– O que eu realmente quero dizer é que tudo aqui deve parecer um tanto peculiar para o jovem Walter Hudd.

– Sim – Lewis admitiu. – Entendo seu ponto. E Walter tem sem dúvida um belo histórico de guerra. Sua bravura é inquestionável.

– Não que isso ajude – Miss Marple retrucou com franqueza. – Porque a guerra é uma coisa, e a vida cotidiana é algo bem diferente. E acho mesmo que, para efetivamente cometer um assassinato, você precisa de bravura... ou quem sabe, com mais frequência, de mera presunção. Sim, presunção.

– Mas eu dificilmente diria que Walter Hudd pudesse ter motivação suficiente.

– Por que não? – perguntou Miss Marple. – Ele odeia tudo aqui. Quer fugir. Quer fugir com Gina. E, se for mesmo dinheiro o que ele quer, seria importante que Gina obtivesse o dinheiro todo antes que ela... hã... se apegasse definitivamente a outra pessoa.

– Se apegasse a outra pessoa? – Lewis repetiu com voz atônita.

Miss Marple espantou-se com a cegueira dos reformadores sociais entusiasmados.

– Foi o que eu disse. Ambos os Restarick estão apaixonados por ela...

– Ah, não acredito nisso – disse Lewis distraído.

Ele prosseguiu:

– Stephen é inestimável para nós... inestimável demais. O modo como conseguiu envolver os rapazes... torná-los ávidos... interessados... Fizeram um espetáculo esplêndido no mês passado. Cenário, figurino, tudo. Isso só demonstra, como eu sempre falei para Maverick, que o que leva esses garotos ao crime é a falta de drama em suas vidas. A dramatização pessoal é o instinto natural de uma criança. Maverick costuma dizer... ah, sim, Maverick...

Lewis se interrompeu.

– Quero que Maverick fale com o inspetor Curry sobre Edgar. O negócio todo é realmente tão ridículo...

– O que é que o senhor de fato sabe sobre Edgar Lawson, sr. Serrocold?

– Tudo – Lewis respondeu com firmeza. – Isto é, tudo de que uma pessoa precisa saber. Seus antecedentes, a criação... a enraizada falta de autoconfiança...

Miss Marple cortou sua fala.

– Edgar Lawson não poderia ter envenenado a sra. Serrocold? – perguntou.

– Acho difícil. Faz poucas semanas que ele está na casa. E, de todo modo, é ridículo! Por que Edgar desejaria envenenar a minha esposa? Que possível ganho ele teria com isso?

– Nenhum ganho material, eu sei. Mas ele poderia ter... alguma razão *esquisita*. Ele *é* esquisito...

– A senhorita quer dizer desequilibrado?

– Acho que sim. Não, não quero... não é bem isso. O que eu quero dizer é que ele é todo *errado*.

Não era uma exposição muito lúcida do que ela sentia.

Lewis Serrocold tomou as palavras ao pé da letra.

– Sim – falou com um suspiro. – Ele é todo errado, o pobre rapaz. E estava dando tantos sinais de aprimoramento... Não consigo de fato entender o motivo do retrocesso repentino...

Miss Marple inclinou-se para frente com ânsia.

– Sim, é nisso que eu estava pensando. Se...

Ela se calou com a entrada do inspetor Curry.

Capítulo 12

I

Lewis Serrocold saiu e o inspetor Curry se sentou, exibindo para Miss Marple um sorriso bastante peculiar.

– Então o sr. Serrocold lhe pediu para atuar como seu cão de guarda – ele disse.

– Bem, sim – ela concordou num tom de desculpa. – Espero que o senhor não se importe...

– *Eu* não me importo. Acho que é uma ótima ideia. Por acaso o sr. Serrocold sabe ao certo o quanto a senhorita é qualificada para o cargo?

– Não entendi bem, inspetor.

– Claro. Ele pensa que a senhorita é só uma excelente velhinha que foi colega de escola de sua esposa – o inspetor sacudiu a cabeça. – Sabemos que a senhorita é um pouco mais do que isso, Miss Marple, não é mesmo? O crime costuma bater na sua porta. O sr. Serrocold só conhece um aspecto do crime: os iniciantes promissores. Me dá um pouco de asco, às vezes. Arrisco dizer que sou antiquado e estou errado. Mas existe um bocado de rapazes bons e decentes por aí, rapazes que merecem um impulso na vida. Só que a honestidade acaba sendo a única recompensa... os milionários não deixam fundos para ajudar quem vale a pena. Bem... bem, não me leve a sério. Eu sou antiquado. Já vi garotos... e garotas... que tinham tudo contra eles, lares ruins, má sorte, todas as desvantagens, e tiveram fibra para vencer. É para jovens assim que eu vou deixar a minha parte, se algum dia me sobrar dinheiro. Mas é claro que isso eu nunca vou ter. Só a minha pensão e um belo jardinzinho.

Ele sacudiu a cabeça para Miss Marple.

– O superintendente Blacker me falou sobre a senhorita ontem à noite. Disse que a senhorita tinha muita experiência com o lado feio da natureza humana. Pois bem, vejamos o seu ponto de vista. Quem é o lobo em pele de cordeiro? O marido soldado?

– Isso – disse Miss Marple – seria bem conveniente para todos.

O inspetor Curry sorriu de leve consigo.

– Um soldado americano roubou a minha garota – falou reminiscente. – Naturalmente, sou suspeito para falar. Seus modos não ajudam. Vejamos sob o ponto de vista amador. Quem esteve secreta e sistematicamente envenenando a sra. Serrocold?

– Bem – respondeu Miss Marple judiciosa –, a pessoa sempre fica inclinada, com a natureza humana sendo como é, a pensar no *marido*. Ou, se for a situação inversa, na esposa. Essa é a primeira suposição num caso de envenenamento, não concorda?

– Concordo sem restrições – disse o inspetor Curry.

– Mas realmente... neste caso... – Miss Marple sacudiu a cabeça. – Não, francamente... eu *não* consigo considerar a sério o sr. Serrocold. Porque veja, inspetor, ele de fato é devotado à esposa. Seria natural que ficasse ostentando essa devoção... mas não se trata de algo ostentado. É muito discreto, mas é genuíno. O sr. Serrocold ama sua esposa, e tenho plena certeza de que não iria envenená-la.

– Para não falar do fato de que não teria qualquer motivo para fazer isso. A sra. Serrocold já transferiu seu dinheiro para ele.

– É claro – Miss Marple falou meticulosa – que existem outras razões para um cavalheiro querer tirar sua esposa do caminho. Um relacionamento com uma jovem, por exemplo. Mas de fato não vejo quaisquer sinais disso neste caso. O sr. Serrocold não age como se tivesse qualquer preocupação romântica. Realmente temo – ela soava um tanto pesarosa – que tenhamos de tirá-lo da lista.

– Lamentável, não é mesmo? – o inspetor comentou com um sorriso forçado. – E, de todo modo, ele não poderia ter assassinado Gulbrandsen. Me parece não haver dúvida de que uma coisa depende da outra. Quem quer que esteja envenenando a sra. Serrocold matou Gulbrandsen para impedi-lo de dar com a língua nos dentes. O que precisamos averiguar agora é quem teve uma oportunidade de matar Gulbrandsen ontem à noite. E o nosso suspeito premiado... não há dúvida disso... é o jovem Walter Hudd. Foi ele quem ligou o abajur de leitura que resultou na queima de um fusível, ganhando com isso a oportunidade de sair do salão para ir até o quadro de luz. O quadro de luz fica na passagem da cozinha que se abre do corredor principal. Foi durante sua ausência do Grande Salão que se ouviu o tiro. Assim temos o suspeito número 1 perfeitamente posicionado para cometer o crime.

– E o suspeito número 2? – Miss Marple perguntou.

– O suspeito número 2 é Alex Restarick, que ficou sozinho em seu carro entre o porteiro e a casa e levou tempo demais para chegar aqui.

– Mais alguém?

Miss Marple inclinou-se para frente com avidez, lembrando-se de acrescentar:

– É muita bondade sua me contar tudo isso.

– Não é bondade – disse o inspetor Curry. – Eu preciso contar com a sua ajuda. A senhorita acertou na mosca quando falou "Mais alguém?". Porque neste ponto eu preciso contar com *a senhorita*. A senhorita estava lá, no salão ontem à noite, e pode me dizer *quem* saiu...

– Sim... sim, eu deveria ser capaz de lhe dizer... Mas será que sou? Entenda... as circunstâncias...

– A senhorita se refere ao fato de que estavam todos escutando a discussão que se desenrolava atrás da porta do gabinete do sr. Serrocold.

Miss Marple fez um veemente gesto afirmativo com a cabeça.

– Sim, veja bem, nós estávamos todos realmente apavorados. O sr. Lawson parecia... parecia de fato... completamente enlouquecido. Com exceção da sra. Serrocold, que dava impressão de não estar nem um pouco abalada, todos nós temíamos que ele fosse fazer alguma maldade com o sr. Serrocold. Estava gritando, sabe, e dizendo as coisas mais terríveis... conseguíamos ouvi-las com total clareza... e com isso e com a maioria das luzes apagadas... eu de fato não notei nada mais.

– A senhorita quer dizer que, enquanto essa cena se desenrolava, qualquer um poderia ter saído furtivamente do salão, seguido pelo corredor, atirado no sr. Gulbrandsen e retornado da mesma maneira furtiva?

– Creio que teria sido possível...

– A senhorita poderia dizer com absoluta segurança que um dos presentes ficou no Grande Salão o tempo todo?

Miss Marple ponderou.

– Poderia dizer que a sra. Serrocold ficou... porque fiquei observando-a. Ela estava sentada bem perto da porta do gabinete e sequer se mexeu em seu assento. Fiquei surpresa, claro, por vê-la capaz de se manter tão calma.

– E os outros?

– A srta. Bellever saiu... mas creio... tenho quase certeza... de que saiu *depois* do tiro. A sra. Strete?

Realmente não sei. Estava sentada atrás de mim... Gina estava do outro lado, junto à janela mais distante... *acho* que permaneceu ali o tempo todo, mas, é claro, não posso ter certeza. Stephen estava sentado ao piano. Parou de tocar quando a discussão começou a ficar acalorada...

– Não devemos incorrer em equívoco levando em conta o momento em que vocês ouviram o tiro – disse o inspetor Curry. – É um truque bastante batido... Simular um tiro de modo a fixar o horário de um crime, e fixá-lo no momento errado. *Se* a srta. Bellever tivesse tramado algo desse tipo (pouco provável... mas nunca se sabe), então ela teria saído como saiu, abertamente, após o ruído do tiro. Não, não podemos nos guiar pelo tiro. Os limites ficam entre o momento em que Christian Gulbrandsen saiu do salão e o momento em que a srta. Bellever o encontrou morto, e só podemos eliminar as pessoas que sabemos que não tiveram uma oportunidade. Isso nos dá Lewis Serrocold e o jovem Edgar Lawson no gabinete e a sra. Serrocold no salão. É desafortunado, claro, que Gulbrandsen tenha sido baleado na mesma noite dessa escaramuça entre Serrocold e o tal jovem Lawson.

– Só desafortunado, na sua opinião? – Miss Marple murmurou.

– Ah! Qual é a sua opinião?

– Ocorreu a mim – Miss Marple murmurou – que poderia ter sido algo *maquinado*.

– Então essa é a sua opinião?

– Bem, todo mundo parece considerar muito esquisito que Edgar Lawson tenha sofrido um relapso tão súbito, por assim dizer. Ele desenvolvera um curioso complexo, ou seja lá qual for o termo, sobre seu pai desconhecido. Winston Churchill e o visconde Montgomery... tudo muito factível em seu estado mental. Simplesmente qualquer homem famoso que lhe surgisse na cabeça. Mas imaginemos que alguém o convença de que Lewis Serrocold é quem é de fato seu pai, de que é Lewis Serrocold quem o fica perseguindo... que é direito dele ser o príncipe herdeiro, digamos assim, de Stonygates. Na fraqueza de seu estado mental, ele decerto vai aceitar a ideia... vai se remoer até entrar em delírio, e mais cedo ou mais tarde vai fazer o tipo de cena que de fato fez. E que cobertura maravilhosa *isso* será! Todos terão suas atenções fixadas na situação perigosa que está se desenrolando... mais ainda se alguém lhe tiver fornecido astuciosamente um revólver.

– Hum, sim. O revólver de Walter Hudd.

– Claro – disse Miss Marple –, eu pensei nisso. Mas entenda, Walter é pouco comunicativo e sem dúvida é taciturno e indelicado, mas não acho realmente que seja *estúpido.*

– Então a senhorita não acha que seja Walter?

– Acho que todo mundo ficaria muito aliviado se fosse Walter. Isso soa como algo cruel, mas é porque ele é um estranho na casa.

– E quanto à esposa dele? – o inspetor Curry perguntou. – Ela ficaria aliviada?

Miss Marple não respondeu. Estava pensando em Gina e Stephen Restarick juntos como ela os vira no primeiro dia. E pensou no modo como Alex Restarick olhara direto para Gina quando entrara no salão na noite passada. Qual era a atitude da própria Gina?

II

Duas horas depois o inspetor Curry reclinou a cadeira, espreguiçou-se e suspirou.

– Bem – ele disse –, já limpamos um bocado de terreno.

O sargento Lake concordou.

– Os empregados ficam de fora – falou. – Estavam juntos o tempo inteiro durante o período crítico... os que dormem aqui. Aqueles que não moram aqui tinham ido para casa.

Curry assentiu com a cabeça. Estava sentindo uma exaustão mental.

Ele entrevistara fisioterapeutas e membros do corpo docente, além dos jovens que chamava consigo de "dois prisioneiros", aos quais coubera jantar com a família naquela noite. Todas as histórias conferiam e se encaixavam. Todos podiam ser riscados da lista. Seus hábitos e atividades eram comunitários. Não havia nenhuma alma solitária entre eles – o que era útil no aspecto dos álibis. Curry deixara o dr. Maverick, que era, até onde ele conseguia julgar, o principal encarregado pelo instituto, para o fim.

– Mas vamos ouvi-lo agora, Lake.

E assim o jovem médico entrou com ímpeto, asseado e elegante, exibindo um semblante quase desumano por trás de seu pincenê.

Maverick confirmou os depoimentos de sua equipe e concordou com as averiguações de Curry. Não houvera nenhuma frouxidão, nenhuma brecha na inexpugnabilidade do colégio. A morte de Christian Gulbrandsen não poderia ser colocada na conta dos "jovens pacientes", como Curry quase os chamara, tão hipnotizado ficara com a fervorosa atmosfera médica.

– Mas pacientes é exatamente o que eles são, inspetor – disse o dr. Maverick com um leve sorriso.

Era um sorriso superior, e o inspetor Curry não teria sido humano caso não tivesse ficado ligeiramente ressentido.

Ele afirmou em tom profissional:

– E quanto aos seus próprios movimentos, dr. Maverick? Pode me fazer um relato deles?

– Certamente. Anotei tudo para o senhor com os horários aproximados.

O dr. Maverick saíra do Grande Salão às nove e quinze com o sr. Lacy e o dr. Baumgarten. Haviam se dirigido aos aposentos do dr. Baumgarten, onde os três ficaram discutindo certos métodos de tratamento até que a srta. Bellever entrara correndo e pedindo ao dr. Maverick que fosse ao Grande Salão. Isso se deu por volta das nove e meia. Ele se dirigira de imediato ao salão e encontrara Edgar Lawson num estado de colapso.

O inspetor Curry se agitou de leve.

– Só um minuto, dr. Maverick. Esse jovem, na sua opinião, é sem sombra de dúvida um doente mental?

O dr. Maverick voltou a sorrir seu sorriso superior.

– Todos nós somos doentes mentais, inspetor Curry.

"Resposta idiota", pensou o inspetor. "*Ele* sabia muito bem que não era um doente mental, fosse lá o que fosse o dr. Maverick!"

– Ele é responsável por seus atos? Sabe o que está fazendo, eu suponho?

– Perfeitamente.

– Então, quando disparou aquele revólver contra o sr. Serrocold, isso foi definitivamente uma tentativa de assassinato.

– Não, não, inspetor Curry. Nada *desse* tipo.

– Ora essa, dr. Maverick. Eu vi os dois buracos de bala na parede. As balas devem ter passado perigosamente perto da cabeça do sr. Serrocold.

– Talvez. Mas Lawson não teve nenhuma intenção de matar o sr. Serrocold ou sequer de feri-lo. Ele gosta muito do sr. Serrocold.

– Parece uma maneira curiosa de demonstrar isso.

O dr. Maverick sorriu de novo. O inspetor Curry quase não suportava mais aquele sorriso.

– Tudo que uma pessoa faz é intencional. A cada vez que o senhor, inspetor, esquece um nome ou rosto, isso ocorre porque, de modo inconsciente, *deseja* esquecê-lo.

O inspetor Curry exibiu uma expressão incrédula.

– A cada vez que o senhor comete um lapso verbal, esse lapso tem um significado. Edgar Lawson estava parado a poucos passos do sr. Serrocold. Poderia ter atirado para matar com muita facilidade. Em vez disso, errou. Errou por quê? Porque *queria* errar. É simples assim. O sr. Serrocold jamais correu qualquer perigo... e o próprio sr. Serrocold tinha plena noção desse fato. Interpretou o gesto de Edgar exatamente como aquilo que foi: um gesto de desafio e ressentimento contra um universo que lhe negou as simples necessidades de uma vida infantil em termos de segurança e atenção.

– Acho que eu gostaria de falar com esse jovem.

– Certamente, se o senhor quiser... A explosão de ontem à noite teve um efeito catártico. Percebe-se um grande aprimoramento hoje. O sr. Serrocold ficará muito satisfeito.

O inspetor Curry o encarou com dureza, mas o dr. Maverick ficou sério como sempre.

Curry suspirou.

– O senhor tem arsênico? – perguntou.

– Arsênico?

A pergunta pegou o dr. Maverick de surpresa. Era claramente inesperada.

– Essa é uma pergunta muitíssimo curiosa... Por que arsênico?

– Apenas responda à pergunta, por favor.

– Não, não tenho arsênico de espécie alguma em minha posse.

– Mas o senhor tem alguns medicamentos?

– Ah, certamente. Sedativos. Morfina... os barbitúricos. As coisas de sempre.

– O senhor atende a sra. Serrocold?

– Não. O dr. Gunter, de Market Kimble, é o médico da família. Eu sou formado em medicina, é claro, mas atuo exclusivamente como psiquiatra.

– Entendo. Bem, muito obrigado, dr. Maverick.

Com a saída do dr. Maverick, o inspetor Curry murmurou para Lake que os psiquiatras eram sujeitos intragáveis.

– Passemos à família agora – disse. – Vou falar com o jovem Walter Hudd primeiro.

A postura de Walter Hudd era cautelosa. Parecia estar estudando o policial com uma expressão ligeiramente desconfiada. Mas mostrou-se bastante cooperativo.

Havia um bocado de fiação elétrica defeituosa em Stonygates... o sistema elétrico todo era muito antiquado. Ninguém iria tolerar um sistema desses nos Estados Unidos.

– Foi instalado, acredito, pelo falecido sr. Gulbrandsen quando a luz elétrica era uma novidade – o inspetor Curry informou com um leve sorriso.

– Só podia! A velha e doce Inglaterra feudal, jamais modernizada.

O fusível que controlava a maioria das luzes do Grande Salão queimara, e ele saíra para dar uma olhada no quadro de luz. No devido tempo, consertara o problema e voltara.

– Por quanto tempo ficou afastado?

– Ora, isso eu não saberia dizer ao certo. O quadro de luz fica num lugar esdrúxulo. Precisei pegar escada e vela. Levei talvez dez minutos... quem sabe um quarto de hora.

– Ouviu um tiro?

– Ora, não, não ouvi nada do tipo. Há uma passagem de porta dupla antes da cozinha e uma delas é forrada com uma espécie de feltro.

– Entendo. E, quando voltou para o salão, o que foi que o senhor viu?

– Eles estavam todos aglomerados em volta da porta do gabinete do sr. Serrocold. A sra. Strete disse que o sr. Serrocold tinha sido baleado... mas na verdade não era isso. O sr. Serrocold estava mais do que bem. O palerma tinha errado a mira.

– O senhor reconheceu o revólver?

– Claro que reconheci! Era meu.

– E o viu pela última vez...

– Dois ou três dias atrás.

– Onde o guardava?

– Na gaveta no meu quarto.

– Quem sabia que o senhor o guardava ali?

– Eu não saberia dizer quem sabe o que nesta casa.

– O que quer dizer com isso, sr. Hudd?

– Ah, são todos doidos!

– Quando o senhor entrou no salão, todos estavam lá?

– Todos quem?

– As mesmas pessoas que estavam lá quando o senhor saiu para consertar o fusível.

– Gina estava lá... e a velha com cabelo branco e a srta. Bellever... não reparei particularmente... mas diria que sim.

– O sr. Gulbrandsen chegou de um modo bastante inesperado anteontem, não?

– Acho que sim. Não era o costume dele, pelo que eu sei.

– Alguém pareceu ficar aborrecido com a chegada dele?

Walter Hudd demorou alguns instantes para responder:

– Ora, não, eu não diria isso.

Mais uma vez, havia um toque de cautela em seus modos.

– Tem alguma ideia do motivo dessa vinda?

– A preciosa Fundação Gulbrandsen, eu suponho. O arranjo todo aqui é uma loucura.

– Vocês têm esses "arranjos", como diz o senhor, nos Estados Unidos.

– Conceder um esquema é uma coisa, e outra é dar um toque pessoal como fazem aqui. Lidei com psiquiatras o bastante no exército. Este lugar tem um psiquiatra em cada canto. Ensinando jovens bandidos a fazer cestos de ráfia e entalhar descansos de cachimbo. Brincadeiras de criança! Pura frescura!

O inspetor Curry não comentou essa crítica. Possivelmente concordava. Falou, fitando Walter com cuidado:

– Então o senhor não tem a menor ideia de quem matou o sr. Gulbrandsen?

– Um dos rapazes brilhantes do colégio praticando sua técnica, eu diria.

– Não, sr. Hudd, isso está fora de questão. O colégio, apesar de sua atmosfera livre cuidadosamente produzida, é mesmo assim um espaço de detenção, administrado como tal. Ninguém pode sair e entrar correndo à noite para cometer assassinatos.

– Eu não inocentaria nenhum deles! Bem... se o senhor quer mirar mais perto de casa, eu diria que a sua melhor aposta é Alex Restarick.

– Por que diz isso?

– Ele teve a oportunidade. Subiu o terreno sozinho em seu carro.

– E por que razão ele mataria Christian Gulbrandsen?

Walter encolheu os ombros.

– Eu sou um estranho aqui. Não conheço bem os arranjos da família. Quem sabe o velhinho tinha ouvido alguma coisa sobre Alex e ia entregar o jogo para os Serrocold.

– Com que resultado?

– Eles poderiam cortar a grana. Ele sabe usar uma grana... e usa um bocado, pelo que se diz por aí.

– O senhor quer dizer... em empreitadas teatrais?

– Ele chama desse jeito?

– O senhor está sugerindo que é outra coisa?

Mais uma vez, Walter Hudd encolheu os ombros.

– Eu não saberia dizer – falou.

Capítulo 13

I

Alex Restarick falava sem parar. E também gesticulava com as mãos.

– Eu sei, eu sei! Eu sou o suspeito ideal. Eu venho de carro sozinho para cá, e, diante da casa, me dá um ataque de inspiração criativa. Não posso esperar que o senhor entenda. Como entenderia?

– Eu poderia – Curry retrucou com secura.

Mas Alex Restarick mal se deteve:

– É uma dessas coisas estranhas! Elas nos aparecem sem que se saiba quando ou como. Um efeito... uma ideia... e tudo mais vai para o espaço! Vou produzir *Noites de Limehouse* no mês que vem. De repente... ontem à noite... o arranjo estava maravilhoso... *A* luz perfeita. Névoa... e os faróis cortando a névoa e sendo rechaçados... e refletindo palidamente uma fileira de prédios altos. Tudo ajudava! Os tiros... os passos de corrida... e o ruído de um motor elétrico... poderia ter sido um barco zarpando no Tâmisa. E eu pensei... é isso!... mas o que é que eu vou usar para obter justamente esses efeitos?... e...

O inspetor Curry cortou sua fala:

– O senhor ouviu tiros? Onde?

– No meio da névoa, inspetor – Alex acenou no ar as mãos, mãos roliças e bem cuidadas. – No meio da névoa. Isso era o mais maravilhoso de tudo.

– Não lhe ocorreu que algo estava errado?

– Errado? Por que deveria estar?

– Por acaso tiros são uma ocorrência comum?

– Ah, eu sabia que o senhor não entenderia! Os tiros se enquadravam na cena que eu estava criando. Eu *queria* tiros. Perigo... ópio... coisas malucas. Pouco me importava o que era realmente aquilo. O escapamento de um caminhão na estrada? Um invasor atrás de coelhos?

– As pessoas costumam usar armadilhas para coelhos por aqui.

Alex mal se deteve:

– Uma criança soltando foguetes? Eu nem mesmo pensei nos ruídos *como* tiros. Eu estava em Limehouse... ou melhor, atrás das poltronas... contemplando Limehouse.

– Quantos tiros?

– Não sei – respondeu Alex petulante. – Dois ou três. Dois bem próximos um do outro, disso eu me lembro.

O inspetor Curry assentiu com a cabeça.

– E o som de passos em corrida, como falou o senhor, eu acho... Esse som vinha de onde?

– Saiu de dentro da névoa. De algum ponto perto da casa.

O inspetor Curry falou num tom suave:

– Isso acaba por sugerir que o assassino de Christian Gulbrandsen veio de *fora.*

– É claro. Por que não? O senhor não está sugerindo, está, que ele veio de dentro da casa?

Ainda num tom bastante suave, o inspetor Curry disse:

– Precisamos pensar em tudo.

– Acho que sim – Alex Restarick retrucou generosamente. – O seu trabalho deve envenenar a alma, inspetor! Os detalhes, os horários e os lugares, a irrelevância *insignificante* da coisa. E no fim... de que adianta tudo? Por acaso isso traz de novo à vida o desgraçado Christian Gulbrandsen?

– Há uma satisfação e tanto em pegar o culpado, sr. Restarick.

– O toque do velho oeste!

– O senhor conhecia bem o sr. Gulbrandsen?

– Não bem o bastante para matá-lo, inspetor. Tendo morado aqui na infância, eu topei com ele uma e outra vez. De tempos em tempos, ele fazia breves aparições. Um dos nossos capitães da indústria. O tipo não me interessa. Ele tem uma bela coleção, acredito, de esculturas de Thorvaldsen... – Alex estremeceu. – Isso fala por si, não é mesmo? Meu Deus, esses homens ricos!

O inspetor Curry o fitou pensativo. Então disse:

– Tem algum interesse por venenos, sr. Restarick?

– Por venenos? Meu caro amigo, ele por certo não foi envenenado primeiro e baleado depois. Isso já seria um romance policial forçado demais.

– Ele não foi envenenado. Mas o senhor não respondeu à minha pergunta.

– O veneno tem um certo apelo... Não tem a crueza da bala de revólver ou da arma contundente. Não tenho nenhum conhecimento específico sobre o assunto, se isso é o que o senhor quer dizer.

– Alguma vez já teve arsênico em seu poder?

– Nos sanduíches, depois de um espetáculo? A ideia tem seus atrativos. Não conhece Rose Gildon? Essas atrizes que acham que têm um grande nome! Não, nunca pensei em arsênico. Dá para extrair de herbicida ou de papel mata-moscas, acredito.

– Com que frequência vem para cá, sr. Restarick?

– Isso varia, inspetor. Às vezes não venho por várias semanas. Mas tento vir passar os fins de semana sempre que posso. Sempre considerei Stonygates como meu verdadeiro lar.

– A sra. Serrocold o incentivou a pensar assim?

– O que eu devo à sra. Serrocold nunca poderá ser retribuído. Simpatia, compreensão, afeto...

– E uma farta quantia de dinheiro também, acredito...

Alex pareceu ficar levemente irritado.

– Ela me trata como um filho e acredita no meu trabalho.

– Alguma vez ela lhe falou de seu testamento?

– Por certo que sim. Mas posso lhe perguntar qual é o propósito de todas essas perguntas, inspetor? Não há nada de errado com a sra. Serrocold.

– Melhor que não haja – disse o inspetor Curry, lúgubre.

– Ora essa, como assim?

– Se o senhor não sabe, tanto melhor – falou o inspetor Curry. – E se sabe... fica o meu aviso.

Quando Alex já saíra, o sargento Lake comentou:

– Pura falsidade, o senhor não diria?

Curry sacudiu a cabeça.

– Difícil dizer. Pode ser que ele tenha um talento criativo genuíno. Pode ser que simplesmente goste de viver na moleza e apregoar grandeza. Não dá para saber. Ouviu passos de corrida, é? Eu seria capaz de apostar que ele inventou essa.

– Por alguma razão em particular?

– Definitivamente por alguma razão em particular. Não chegamos nisso ainda, mas chegaremos.

– Afinal de contas, senhor, um daqueles rapazes espertos pode ter escapado dos prédios do colégio sem ser visto. Provavelmente existem arrombadores entre eles, e nesse caso...

– Isso é o que querem que pensemos. Muito conveniente. Mas se for isso, Lake, eu como a sola do meu sapato.

II

– Eu estava no piano – disse Stephen Restarick. – Estava tocando bem de leve quando estourou a confusão. Entre Lewis e Edgar.

– O que pensou daquilo?

– Bem... para dizer a verdade, não levei aquilo realmente a sério. O pobre coitado costuma ter esses ataques de peçonha. Ele não é de fato maluquinho, sabe... Toda essa bobagem é uma espécie de válvula de escape. A verdade é que todos nós o deixamos irritado... principalmente Gina, é claro.

– Gina? O senhor quer dizer a sra. Hudd? Por que motivo ela o deixa irritado?

– Porque é uma mulher... e uma mulher belíssima, e porque ela o considera engraçado! Ela é meio italiana, e os italianos têm uma crueldade inconsciente no sangue. Não têm nenhuma compaixão por qualquer pessoa que for velha, ou feia, ou peculiar de alguma forma. Ficam apontando com o dedo e zombando. Foi o que Gina fez, falando metaforicamente. O jovem Edgar não lhe servia para nada. Era ridículo, pomposo e, no fundo, fundamentalmente inseguro. Queria impressionar e só conseguia parecer um tolo. Não era nem um pouco importante para ela que o pobre sujeito sofria um bocado.

– O senhor está sugerindo que Edgar Lawson está apaixonado pela sra. Hudd? – o inspetor Curry perguntou.

Stephen retrucou com jovialidade:

– Claro. Para falar a verdade, todos nós estamos, mais ou menos! Ela gosta que estejamos.

– O marido dela gosta?

– Não vê com bons olhos. Sofre também, o pobre sujeito. O negócio não tem como durar, sabe... O casamento, eu quero dizer. Vai se desfazer sem muita demora. Foi só uma dessas coisas da guerra.

– Tudo isso é muito interessante – disse o inspetor. – Mas nós estamos nos afastando do nosso tema, que é o assassinato de Christian Gulbrandsen.

– Pois é – falou Stephen. – Mas não posso lhe dizer nada sobre isso. Eu estava sentado ao piano e não saí dali até que a querida Jolly entrou com umas chaves velhas enferrujadas para testá-las na fechadura da porta do gabinete.

– O senhor permaneceu ao piano. Continuou a tocar?

– Um suave *obbligato* à luta de vida ou morte no gabinete de Lewis? Não, parei de tocar quando o tempo acelerou. Não que eu tivesse quaisquer dúvidas quanto ao resultado. Lewis tem o que eu só posso descrever como olho dinâmico. Conseguiria facilmente derrubar Edgar só de olhar para ele.

– Mesmo assim, Edgar Lawson disparou dois tiros contra ele.

Stephen balançou a cabeça de leve.

– Foi só uma encenação. Divertindo-se. A minha querida mãe costumava fazer isso. Ela morreu ou fugiu com alguém quando eu tinha quatro anos, mas me lembro dela descarregando uma pistola quando algo a incomodava. Fez isso numa casa noturna certa vez. Deixou um desenho na parede. Tinha uma pontaria excelente. Causava problema sem parar. Ela era uma dançarina russa, sabe...

– Não diga. Pode me dizer, sr. Restarick, quem saiu do salão ontem à noite enquanto o senhor permaneceu lá? Durante o período relevante?

– Wally, para consertar as luzes. Juliet Bellever, para encontrar uma chave que servisse na porta do gabinete. Ninguém mais, até onde eu sei.

– O senhor teria notado a saída de alguém?

Stephen ponderou.

– Provavelmente não. Isto é, se a pessoa saísse e voltasse bem na ponta dos pés. Estava tão escuro no salão... e todos estávamos escutando avidamente a briga.

– O senhor seria capaz de dizer com certeza se alguém *ficou* lá o tempo todo?

– A sra. Serrocold... sim, e Gina. Eu juraria por elas.

– Obrigado, sr. Restarick.

Stephen tomou o rumo da porta. Então hesitou e voltou.

– Que história é essa – perguntou – sobre arsênico?

– Quem lhe mencionou arsênico?

– O meu irmão.

– Ah... sim.

Stephen perguntou:

– Alguém andou dando arsênico à sra. Serrocold?

– Por que o senhor menciona a sra. Serrocold?

– Li sobre os sintomas do envenenamento por arsênico. Neurite periférica, não é isso? Isso fecharia mais ou menos com os padecimentos recentes dela. E também Lewis arrancando aquele tônico das mãos dela ontem à noite... *Isso* é o que está acontecendo aqui?

– O assunto está sob investigação – o inspetor Curry retrucou com a postura mais oficial possível.

– Ela sabe disso?

– O sr. Serrocold ficou particularmente ansioso por garantir que ela não ficasse... alarmada.

– Alarmada não é a palavra correta, inspetor. A sra. Serrocold nunca fica alarmada... Isso é o que está por trás da morte de Christian Gulbrandsen? Por acaso ele descobriu que ela estava sendo envenenada...? Mas como poderia descobrir? De todo modo, a coisa toda parece muitíssimo improvável. Não faz sentido.

– Muito surpreendente para o senhor, sr. Restarick?

– Sim, muito. Quando Alex me contou, eu mal pude acreditar.

– Quem, na sua opinião, seria capaz de estar ministrando arsênico à sra. Serrocold?

Por um momento, um sorriso forçado apareceu no belo rosto de Stephen Restarick.

– Não o suspeito de sempre. O senhor pode tirar da lista o marido. Lewis Serrocold não ganha nada com isso. Além do mais, ele venera essa mulher. Não suportaria que ela machucasse um dedinho.

– Quem então? O senhor tem alguma ideia?

– Claro. Eu diria que se trata de uma certeza.

– Explique-se, por favor.

Stephen balançou a cabeça.

– É uma certeza em termos psicológicos. Não em qualquer outro sentido. Nenhuma prova de qualquer tipo. E o senhor provavelmente não concordaria.

Stephen Restarick saiu despreocupadamente, e o inspetor Curry ficou desenhando gatos na folha de papel diante de si.

Estava pensando três coisas. A, que Stephen Restarick se achava grande coisa; B, que Stephen Restarick e seu irmão formavam uma frente unida; e C, que Stephen Restarick era um homem bonito ao passo que Walter Hudd era feio.

Especulava sobre dois outros pontos: o que Stephen queria dizer com "em termos psicológicos" e se Stephen de alguma forma poderia ter visto Gina de seu assento no piano. Inclinava-se a pensar que não.

III

Entrando na escuridão gótica da biblioteca, Gina trouxe consigo um brilho exótico. O próprio inspetor

Curry chegou a piscar um pouco diante da jovem radiante que se sentava, inclinava-se por sobre a mesa e perguntava com expectativa:

– Pois bem?

O inspetor Curry, observando sua camisa escarlate e as calças verde-escuras, falou com secura:

– Percebo que não está usando traje de luto, sra. Hudd...

– Não tenho nenhum – disse Gina. – Sei que seria de se esperar que eu tivesse um conjuntinho preto para usar com pérolas. Mas não tenho. Odeio preto. Acho que é medonho, e só recepcionistas e governantas e pessoas assim deveriam usá-lo. De qualquer forma, Christian Gulbrandsen não era na verdade um parente. Ele é enteado da minha vó.

– E eu suponho que a senhora não o conhecesse muito bem...

Gina balançou a cabeça.

– Ele apareceu aqui três ou quatro vezes quando eu era criança, mas aí na guerra eu fui para os Estados Unidos e só voltei para morar aqui seis meses atrás.

– A senhora definitivamente voltou para morar aqui? Não está só de visita?

– Não pensei muito a respeito, na verdade – disse Gina.

– A senhora estava no Grande Salão ontem à noite, quando o sr. Gulbrandsen saiu para o quarto dele?

– Sim. Ele deu boa-noite e se retirou. A grã-vó perguntou se ele tinha tudo de que precisava e ele respondeu que sim... que Jolly tinha providenciado tudo. Não com essas palavras, mas algo assim. Disse que precisava escrever umas cartas.

– E então?

Gina descreveu a cena entre Lewis e Edgar Lawson. Era a mesma história que por aquela altura o inspetor Curry já ouvira várias vezes, mas ganhava uma cor adicional, um novo entusiasmo, sob a narração de Gina. Tornava-se um drama.

– Era o revólver de Wally – ela disse. – Imagine Edgar tendo peito para ir lá roubá-lo no quarto dele. Eu jamais acreditaria que ele pudesse ter esse peito.

– A senhora ficou alarmada quando os dois entraram no gabinete e Edgar Lawson trancou a porta?

– Nem um pouco – Gina respondeu, arregalando muito seus enormes olhos castanhos. – Adorei. Ele estava tão canastrão, sabe, e tão loucamente teatral... Tudo que Edgar faz é sempre ridículo. Não dá para levá-lo a sério nem por um instante.

– Mas ele de fato disparou o revólver...

– Sim. Todos nós pensamos, naquele momento, que ele tinha mesmo atirado em Lewis.

– E a senhora gostou disso? – o inspetor Curry não conseguiu se abster de perguntar.

– Não, fiquei apavorada naquele momento. Todo mundo ficou, com exceção da grã-vó. Ela nem mesmo levantou uma sobrancelha.

– Isso é um pouco impressionante.

– Não é, na verdade. É típico da minha vó. Ela parece ser de outro mundo. É o tipo de pessoa que acredita que *nada* de ruim pode acontecer. Um doce.

– Durante toda essa cena, quem estava no salão?

– Ah, estávamos todos lá. Exceto pelo tio Christian, é claro.

– Nem *todos*, sra. Hudd. Pessoas entraram e saíram.

– É mesmo? – Gina retrucou vagamente.

– O seu marido, por exemplo, saiu para consertar as luzes.

– Sim. Wally é ótimo para consertar as coisas.

– Durante a ausência dele, ouviu-se um tiro, eu soube. Um tiro que, segundo todos vocês pensaram, vinha do parque...

– Não me lembro disso... Ah, sim, foi logo depois do retorno das luzes e quando Wally já tinha voltado.

– Alguém mais saiu do salão?

– Acho que não. Não me lembro.

– Onde estava sentada, sra. Hudd?

– Do outro lado, junto à janela.

– Perto da porta de entrada da biblioteca?

– Isso.

– A senhora chegou a sair do salão em algum momento?

– Sair? Com aquela emoção toda? Claro que não.

Gina parecia estar escandalizada com a ideia.

– Onde os outros estavam sentados?

– A maioria em volta da lareira, eu acho. A tia Mildred estava tricotando e a tia Jane também... Miss Marple, eu quero dizer... a grã-vó só estava sentada.

– E o sr. Stephen Restarick?

– Stephen? No começo estava tocando piano. Não sei para onde foi depois.

– E a srta. Bellever?

– Fuçando por todos os cantos, como de costume. Ela praticamente nunca fica sentada. Estava procurando chaves ou algo assim.

Gina disse de súbito:

– Que história é essa sobre o tônico da grã-vó? O farmacêutico se enganou na manipulação ou o quê?

– Por que a senhora imagina isso?

– Porque o frasco está desaparecido, e Jolly anda fuçando pelos cantos enlouquecida, procurando pelo frasco numa inquietação interminável. Alex lhe falou que a polícia o tinha levado. Foi isso?

Em vez de responder à pergunta, o inspetor Curry disse:

– A srta. Bellever estava irritada, é isso?

– Ah! Jolly fica sempre fuçando – Gina falou despreocupadamente. – Gosta de ficar fuçando. Às vezes eu me pergunto como a minha vó consegue aguentar.

– Uma última pergunta, sra. Hudd. Não tem nenhuma ideia sobre quem matou Christian Gulbrandsen e por quê?

– Um dos malucos fez isso, eu diria. Os que são bandidos são bem espertos. Quer dizer, eles só atacam as pessoas para roubar um caixa ou pegar dinheiro ou joias... não por mera diversão. Mas um dos malucos... aqueles que eles chamam de mentalmente desajustados... poderia fazer isso por diversão, o senhor não acha? Porque eu não consigo entender que outra razão poderia existir para alguém matar o tio Christian exceto por diversão, o senhor consegue? Ou melhor, não quero dizer diversão, exatamente... mas...

– Não consegue pensar num motivo?

– Sim, isso é o que eu quero dizer – Gina retrucou agradecida. – Ele não foi roubado nem nada, foi?

– Mas entenda, sra. Hudd, que os prédios do colégio estavam trancados a sete chaves. Ninguém poderia sair sem autorização.

– Não acredite nisso – Gina riu com alegria. – Aqueles garotos conseguiriam sair de qualquer lugar! Já me ensinaram um bocado de truques.

– Moça bem animada, essa aí – Lake comentou quando Gina partira. – Primeira vez que a vejo de perto. Um corpo adorável, não? Tem um corpo meio estrangeiro, se o senhor me entende.

O inspetor Curry lhe lançou um olhar gelado. O sargento Lake se apressou em dizer que ela era bem alegrinha.

– Parece que se divertiu com tudo, digamos assim.

– Se Stephen Restarick está certo ou não sobre o casamento dela estar se desfazendo, percebi que ela fez questão de mencionar que Walter Hudd voltou ao salão antes do estouro do tiro.

– O que, segundo todos os demais, não é verdade?

– Exato.

– Ela também não mencionou a saída da srta. Bellever para procurar as chaves.

– Não – disse o inspetor, pensativo –, não mencionou...

Capítulo 14

I

A sra. Strete combinava muito mais com a biblioteca do que Gina Hudd combinara. Não havia nada de exótico na figura dela. Estava usando preto com um broche de ônix e uma rede nos cabelos grisalhos cuidadosamente penteados.

Parecia, o inspetor Curry refletiu, exatamente como deveria parecer a viúva de um cônego da Igreja oficial – o que era quase esquisito, porque tão poucas pessoas aparentavam o que realmente eram...

Até a contraída linha dos lábios tinha um matiz ascético e eclesiástico. Ela expressava Perseverança Cristã e, possivelmente, Fortitude Cristã. Mas não, Curry pensou, Caridade Cristã.

Além disso, estava claro que a sra. Strete se sentia ofendida.

– Eu teria imaginado que o senhor pudesse ter me dado *alguma* ideia de quando desejaria falar comigo, inspetor. Fui forçada a ficar sentada, esperando, a manhã toda.

A mágoa decorria, Curry julgou, do senso de importância da mulher. Ele se apressou em soprar a ferida.

– Sinto muito, sra. Strete. Talvez a senhora não saiba muito bem como encaminhamos essas coisas. Nós começamos, veja, com os depoimentos menos importantes... para tirá-los do caminho, por assim dizer. É valioso deixar para o fim uma pessoa em cujo discernimento podemos confiar... uma boa observadora... por meio da qual possamos checar o que nos foi dito até ali.

A sra. Strete se apaziguou visivelmente.

– Ah, sim. Eu não percebera de todo...

– Pois bem, a senhora é uma mulher de discernimento maduro, sra. Strete. Uma mulher experiente. E depois este é o seu lar... a senhora é a filha da casa, e pode me dizer tudo sobre as pessoas que moram aqui.

– Posso certamente fazer isso – falou Mildred Strete.

– Então perceba que, quando chegamos à questão de quem matou Christian Gulbrandsen, a senhora pode nos ajudar bastante.

– Mas existe alguma questão? Não é perfeitamente óbvio quem matou o meu irmão?

O inspetor Curry se recostou em seu assento. Sua mão cofiou o bigode pequeno e esmerado.

– Bem... precisamos ser cuidadosos – ele disse. – A senhora acha que é óbvio?

– É claro. Aquele horrendo marido americano da pobre Gina. É o único estranho aqui. Não sabemos nada em absoluto sobre ele. É provavelmente um daqueles horrendos gângsteres americanos.

– Mas isso não serviria muito como explicação para ele matar Christian Gulbrandsen, serviria? Por que faria isso?

– Porque Christian descobrira algo sobre ele. É por isso que voltou tão depressa depois de sua última visita.

– Tem certeza disso, sra. Strete?

– Mais uma vez, parece-me bastante óbvio. Ele deixou que pensassem que sua visita tinha relação com a fundação... mas isso é um disparate. Esteve aqui para tratar disso apenas um mês atrás. E nada de importante surgiu desde então. Então só pode ter vindo por algum motivo particular. Viu Walter em sua última visita e pode tê-lo reconhecido... ou talvez tenha feito investigações nos Estados Unidos... ele tem agentes no mundo todo, é claro... e descobriu algo realmente incriminador. Gina é uma garota muito tola. Sempre foi. É bem típico dela se casar com um homem sobre o qual nada sabe... sempre foi louca por homem! Um homem procurado pela polícia, talvez, ou um homem já casado, ou um mau-caráter do submundo. Mas o meu irmão Christian não era um homem fácil de enganar. Veio para cá, tenho certeza, para resolver a história toda. Para expor Walter e mostrar sua verdadeira face. E por isso, naturalmente, Walter atirou nele.

O inspetor Curry, desenhando bigodes gigantes num dos gatos em seu caderno de rascunho, disse:

– Si-im.

– O senhor não concorda comigo que isso é o que *deve* ter acontecido?

– Pode ser... sim – admitiu o inspetor.

– Que outra solução poderia existir? Christian não tinha inimigos. O que eu não consigo entender é por que vocês já não prenderam Walter...

– Bem, veja, sra. Strete, que não temos nenhuma prova.

– Provavelmente conseguiriam uma com bastante facilidade. Se telegrafassem aos Estados Unidos...

– Ah, sim, nós vamos checar os antecedentes do sr. Walter Hudd. Tenha certeza disso. Mas até que provemos um motivo não há muito por onde ir. Houve a oportunidade, é claro...

– Ele saiu logo depois de Christian, pretextando um curto-circuito nas luzes...

– Isso aconteceu de fato.

– Ele poderia facilmente arranjar isso.

– Verdade.

– Isso lhe dava uma desculpa. Seguiu Christian até o quarto e atirou nele para então consertar o fusível e voltar ao salão.

– Sua esposa diz que ele voltou antes do disparo se fazer ouvir do lado de fora.

– Não mesmo! Gina diria qualquer coisa. Os italianos nunca falam a verdade. E ela é católica, é claro.

O inspetor Curry passou ao largo do ângulo eclesiástico.

– A senhora acha que a esposa está metida nisso com ele?

Mildred Strete hesitou por um instante.

– Não... não, não acho.

A mulher parecia um tanto desapontada por não concordar. Ela prosseguiu:

– Este deve ter sido em parte o motivo: impedir que Gina descobrisse a verdade a respeito dele. Afinal de contas, Gina é o ganha-pão dele.

– E uma jovem belíssima.

– Ah, sim. Eu sempre falei que Gina é bonita. Um tipo bem comum na Itália, é claro. Mas, se quiser saber a minha opinião, o que Walter Hudd quer é *dinheiro.* É por isso que ele veio para cá e aceitou morar com os Serrocold.

– A sra. Hudd é abastada, eu soube...

– Não no momento. O meu pai deixou a mesma soma de dinheiro para a mãe de Gina e para mim. Mas é claro que ela assumiu a nacionalidade do marido (creio que a lei mudou agora), e, com a guerra e com o sujeito sendo um fascista, Gina dispõe pessoalmente de bem pouco. Minha mãe a mima, e sua tia americana, a sra. Van Rydock, gasta somas fabulosas com ela e comprou tudo que a garota quis durante os anos de guerra. Mesmo assim, do ponto de vista de Walter, ele não pode botar as mãos em grande coisa até a morte da minha mãe, quando uma fortuna enorme vai passar para Gina.

– E para a senhora também.

Um leve rubor aflorou no rosto de Mildred Strete.

– E para mim, como diz o senhor. Meu marido e eu sempre vivemos modestamente. Ele gastava bem pouco dinheiro, a não ser com livros... era um grande erudito. O meu próprio dinheiro quase dobrou de tamanho. É mais do que suficiente para minhas simples necessidades. Mesmo assim, você sempre pode usar o dinheiro em benefício dos outros. Qualquer dinheiro que me chegar às mãos eu irei considerar como um fundo sagrado.

– Mas não será num Fundo, será? – perguntou Curry, entendendo mal de propósito. – Vai passar às suas mãos sem restrições.

– Ah, sim... nesse sentido. Sim, será meu sem restrições.

Algo no timbre das duas últimas palavras fez com que o inspetor Curry levantasse a cabeça num gesto brusco. A sra. Strete não estava olhando para ele – seus olhos brilhavam e a boca longa e fina se curvava num sorriso triunfante.

O inspetor falou com uma voz de ponderação:

– Então, no seu entender... e é claro que a senhora teve inúmeras oportunidades para julgar... o sr. Walter Hudd quer o dinheiro que vai passar para sua esposa quando a sra. Serrocold morrer. Por falar nisso, ela não tem uma saúde forte, estou certo, sra. Strete?

– Minha mãe sempre teve uma saúde frágil.

– Pois é. Mas as pessoas de saúde frágil muitas vezes vivem tanto ou mais do que as pessoas de saúde robusta.

– Sim, suponho que vivam.

– Por acaso a senhora não notou uma piora na saúde da sua mãe nos últimos tempos?

– Ela sofre de reumatismo. Mas, ora, todo mundo acaba sofrendo de algo quando fica velho. Não vejo com simpatia quem fica fazendo escândalo por causa de dores e moléstias inevitáveis.

– A sra. Serrocold faz escândalo?

Mildred Strete ficou calada por um momento. Falou afinal:

– Ela mesma não faz escândalo, mas acostumou-se a ver os outros fazendo escândalo em nome dela. O meu padrasto é solícito demais. E quanto à srta. Bellever, esta age de uma maneira totalmente ridícula. Em todo caso, a srta. Bellever exerceu uma péssima influência nesta casa. Chegou aqui vários anos atrás, e sua devoção à minha mãe, embora louvável em si, de fato se tornou quase uma penalização. Ela literalmente tiraniza a minha mãe. Administra a casa toda e assume responsabilidades excessivas. Acho que isso irrita Lewis às vezes. Eu não ficaria nem um pouco surpresa se ele a mandasse embora. A srta. Bellever não tem tato nenhum... nenhum tato em absoluto... e é exasperante para um homem ver sua esposa completamente dominada por uma mulher mandona.

O inspetor Curry concordou de leve com a cabeça.

– Entendo... entendo...

Ele a observou, especulando.

– Tem uma coisa que eu não entendo direito, sra. Strete. A posição dos dois irmãos Restarick...

– É mais um sentimentalismo tolo. O pai deles se casou com a minha pobre mãe por causa do dinheiro dela. Dois anos depois, fugiu com uma cantora iugoslava de moral desprezível. Ele era uma pessoa muito indigna. A minha mãe teve coração mole o bastante para se compadecer desses dois meninos. Uma vez que estava fora de questão para eles passar as férias com uma mulher de moral tão notória, ela mais ou menos os adotou. Foram ficando aqui desde então. Sim, temos parasitas de sobra nesta casa, eu posso lhe garantir.

– Alex Restarick teve oportunidade para matar Christian Gulbrandsen. Ficou em seu carro sozinho... dirigindo do porteiro até a casa... e quanto a Stephen?

– Stephen estava no salão conosco. Não aprovo Alex Restarick... está se mostrando cada vez mais grosseiro, e imagino que leve uma vida desregrada... mas não o vejo realmente como um assassino. Além disso, que motivo teria para matar o meu irmão?

– É sempre a isso que voltamos, não? – disse o inspetor Curry cordial. – O que é que Christian Gulbrandsen sabia... sobre alguém... que obrigou esse alguém a matá-lo?

– Exato – retrucou a sra. Strete triunfante. – *Só pode* ser Walter Hudd.

– A menos que seja alguém mais íntimo da casa.

Mildred retrucou de modo ríspido:

– O que o senhor quis dizer com isso?

O inspetor Curry respondeu devagar:

– O sr. Gulbrandsen pareceu muito preocupado com a saúde da sra. Serrocold enquanto permaneceu aqui.

A sra. Strete franziu o cenho.

– Os homens sempre fazem escândalo em função da minha mãe porque ela tem um aspecto frágil. Acho que ela gosta disso! Ou então Christian andou dando ouvidos a Juliet Bellever.

– A senhora, pessoalmente, não está preocupada com a saúde da sua mãe?

– Não. Tento ser sensata. Naturalmente, mamãe não é jovem...

– E a morte chega para todos nós – disse o inspetor Curry. – Mas não antes da hora marcada. Isso é o que precisamos impedir.

Ele falava com veemência. O rosto de Mildred Strete se iluminou com súbita animação.

– Ah, é perverso... perverso. Ninguém mais parece realmente se importar. Por que se importariam? Eu sou a única pessoa que tem um parentesco de sangue com Christian. Para mamãe, ele era só um enteado crescido. Para Gina, ele não é de fato nem um pouco parente. Mas era o meu próprio irmão.

– Meio-irmão – sugeriu o inspetor Curry.

– Meio-irmão, sim. Mas ambos éramos Gulbrandsen, apesar da diferença de idade.

Curry disse com gentileza:

– Sim... sim, eu entendo a sua colocação...

Com lágrimas nos olhos, Mildred Strete se foi pela porta. Curry olhou para Lake.

– Então ela está bem segura de que foi Walter Hudd... – comentou. – Não acalenta sequer por um segundo a ideia de que seja qualquer outra pessoa.

– E pode estar certa.

– Certamente pode. Wally se encaixa. Oportunidade... e motivação. Porque, se ele quisesse dinheiro rápido, a mãe da esposa teria de morrer. E assim Wally adultera o tônico dela, e Christian Gulbrandsen o vê fazendo isso... ou fica sabendo de alguma maneira. Sim, isso se encaixa bem direitinho.

Ele fez uma pausa e disse:

– A propósito, Mildred Strete gosta de dinheiro... Pode não gastá-lo, mas gosta. Não sei bem por quê... Ela pode ser sovina... com um furor de sovina. Ou pode gostar do poder que o dinheiro proporciona. Dinheiro para benevolência, talvez? Ela é uma Gulbrandsen. Pode querer imitar o pai.

– Complexo, não? – disse o sargento Lake, coçando a cabeça.

O inspetor Curry falou:

– É melhor nós falarmos com o jovem doido, Lawson, e depois disso vamos ao Grande Salão para tentar averiguar quem estava lá... e se... e por que... e quando... Ouvimos uma ou duas coisas bem interessantes nesta manhã.

II

"Era muito difícil", o inspetor Curry pensou, "obter uma verdadeira avaliação de uma pessoa a partir do que os outros diziam."

Edgar Lawson tinha sido descrito por um bom número de diferentes pessoas naquela manhã, mas, olhando para ele agora, o inspetor Curry constatou que suas próprias impressões eram quase risivelmente diferentes.

Edgar não lhe passava uma ideia de alguém "esquisito", ou "perigoso", ou "arrogante", ou até mesmo "anormal". Parecia um jovem bastante ordinário, muitíssimo abatido e num estado de humildade que o aproximava de Uriah Heep. Parecia jovem e ligeiramente comum e um tanto patético.

Mostrava-se ansioso demais por falar e se desculpar.

– Sei que agi muito mal. Não sei o que foi que me deu... realmente não sei. Fazer aquela cena e causar uma confusão tão grande... E de fato disparar uma pistola... Ainda por cima contra o sr. Serrocold, que tem sido tão bom comigo, e tão paciente também.

Retorceu as mãos com nervosismo. Eram mãos um tanto patéticas, com pulsos ossudos.

– Se eu tiver de ser detido por isso, irei com o senhor agora mesmo. Vou assumir a culpa.

– Nenhuma queixa foi apresentada contra o senhor – o inspetor Curry falou, áspero. – Então não temos evidências para seguir. De acordo com o sr. Serrocold, deixar disparar a pistola foi um acidente.

– Isso é porque ele é bondoso demais. Nunca houve um homem tão bom quanto o sr. Serrocold! Ele fez de tudo por mim. E aí eu retribuo agindo dessa maneira.

– O que o fez agir dessa maneira?

Edgar pareceu ficar embaraçado.

– Fiz papel de bobo.

O inspetor Curry disse secamente:

– É o que parece. O senhor disse ao sr. Serrocold, na presença de testemunhas, que descobrira que ele era o seu pai. Isso era verdade?

– Não, não era.

– Como essa ideia foi parar na sua cabeça? Alguém a sugeriu ao senhor?

– Bem, é meio difícil explicar.

O inspetor Curry olhou para ele pensativo e então falou com voz afável:

– Quem sabe o senhor tenta. *Nós* não queremos lhe tornar as coisas difíceis.

– Veja bem, eu tive uma infância muito dura. Os outros meninos zombavam de mim. Porque eu não tinha pai. Diziam que eu era um bastardinho... e eu era, é claro. Minha mãe estava geralmente bêbada e trazia homens para dentro de casa o tempo todo. O meu pai era um marinheiro estrangeiro, acredito. A casa estava sempre imunda, e tudo era simplesmente um inferno. E aí eu comecei a pensar: e se o meu pai não tivesse sido só um marujo estrangeiro qualquer, mas alguém importante... e eu costumava inventar uma ou outra coisa. Primeiro coisas de criança... tinha sido trocado no nascimento... realmente o legítimo herdeiro... esse tipo de coisa. E aí eu fui para uma nova escola e tentei vez por outra insinuar certas coisas. Dizia que o meu pai era na verdade um almirante da marinha. Eu mesmo comecei a acreditar. E então não me sentia tão mal.

Ele fez uma pausa e depois prosseguiu:

– E então... mais adiante... eu bolei algumas outras ideias. Costumava ficar em hotéis e contava um monte de histórias bobas sobre ser um piloto de guerra... ou sobre trabalhar no serviço de inteligência do exército. Ficou tudo meio embaralhado na minha mente. Eu parecia incapaz de parar com as mentiras. Só que eu não queria realmente tentar conseguir dinheiro com isso. Era só bazófia para fazer as pessoas pensarem um pouco melhor de mim. Não queria ser desonesto. O sr. Serrocold lhe dirá isso... e o dr. Maverick... eles têm tudo registrado.

O inspetor Curry concordou com a cabeça. Já examinara o prontuário de Edgar e sua ficha policial.

– O sr. Serrocold me livrou afinal e me trouxe para cá. Disse que precisava de um secretário para ajudá-lo... e eu o ajudei mesmo! Ajudei mesmo. Só que os outros riam de mim. Ficavam sempre rindo de mim.

– Que outros? A sra. Serrocold?

– Não, não a sra. Serrocold. Ela é uma dama... é sempre gentil e bondosa. Não, mas Gina me tratava como lixo. E Stephen Restarick. E a sra. Strete me considerava inferior por não ser um cavalheiro. A srta. Bellever fazia o mesmo... o que ela é? Uma dama de companhia remunerada, não?

Curry notou sinais de afobação crescente.

– Então o senhor não os considerava muito amáveis?

Edgar disse acalorado:

– Era o fato de eu ser bastardo. Se eu tivesse tido um pai decente, não teriam continuado desse jeito.

– Então o senhor se apropriou de alguns pais famosos?

Edgar corou.

– Parece que eu sempre acabo contando mentiras – resmungou.

– E por fim alegou que o sr. Serrocold era o seu pai. Por quê?

– Porque isso iria fazê-los parar de uma vez por todas, não iria? Se *ele* fosse o meu pai, não poderiam fazer nada contra mim.

– Sim. Mas o senhor o acusou de ser seu inimigo... de persegui-lo.

– Eu sei... – ele esfregou a testa. – Eu confundi tudo. Tem momentos em que eu não... em que não atino direito com as coisas. Fico atrapalhado.

– E o senhor tirou o revólver do quarto do sr. Walter Hudd?

Edgar pareceu ficar intrigado.

– Tirei? Foi de lá que eu tirei?

– O senhor não se lembra de onde o pegou?

Edgar disse:

– Eu queria ameaçar o sr. Serrocold com o revólver. Queria assustá-lo. Foi coisa de criança, pela milésima vez.

O inspetor Curry retrucou, paciente:

– Como foi que arranjou o revólver?

– O senhor acabou de dizer... do quarto de Walter.

– Agora se lembra de ter feito isso?

– Só posso ter tirado do quarto dele. Não poderia ter sido de nenhuma outra forma, poderia?

– Não sei – disse o inspetor Curry. – Alguém... pode ter lhe dado esse revólver, talvez?

Edgar ficou calado... uma expressão vazia no rosto.

– Foi assim que aconteceu?

Edgar disse acalorado:

– Não me lembro. Eu estava tão exaltado... Fiquei andando pelo jardim, meio cego de tanta raiva. Achava que as pessoas estavam me espionando, me observando, tentando me encurralar. Até aquela simpática velhinha de cabelos brancos... Não consigo entender direito agora. Sinto que só posso ter ficado louco. Não me lembro de onde eu estava e do que eu estava fazendo na metade do tempo!

– Certamente se lembra de quem lhe falou que o sr. Serrocold era o seu pai...

Edgar exibiu o mesmo olhar inexpressivo.

– Ninguém me falou – retrucou taciturno. – Simplesmente me veio essa ideia.

O inspetor Curry suspirou. Não estava satisfeito. Mas julgou que não conseguiria fazer qualquer progresso no momento.

– Bem, tome cuidado no futuro – disse.

– Sim, senhor. Vou cuidar mesmo.

Enquanto Edgar se afastava, o inspetor Curry balançou lentamente a cabeça.

– Esses casos patológicos são um inferno!

– O senhor acha que ele é louco?

– Bem menos louco do que eu imaginava. Cabeça fraca, jactancioso, mentiroso... mas, ao mesmo tempo, há uma certa simplicidade agradável nele. Sugestionável ao extremo, eu diria...

– O senhor acha que alguém lhe sugeriu algo de fato?

– Sem dúvida, a velha Miss Marple estava certa nesse ponto. Ela é uma criatura bem astuta. Mas eu gostaria de saber quem foi. O jovem não quer contar. Se ao menos nós soubéssemos isso... Vamos lá, Lake, façamos uma completa reconstituição da cena no salão.

III

– Isso resolve a questão bastante bem.

O inspetor Curry estava sentado ao piano. O sargento Lake encontrava-se numa cadeira junto à janela com vista para o lago.

Curry continuou:

– Se eu ficar meio virado no banquinho do piano, olhando a porta do gabinete, não consigo ver você.

O sargento Lake se levantou devagar e se esquivou pela porta da biblioteca.

– Todo este lado do aposento estava escuro. As únicas luzes ligadas eram as luzes ao lado da porta do gabinete. Não, Lake, eu não o vi saindo. Tendo entrado na biblioteca, você poderia ter saído pela outra porta para o corredor... dois minutos para seguir correndo até a suíte de carvalho, atirar em Gulbrandsen e voltar pela biblioteca para o seu assento na janela. As mulheres junto à lareira estão de costas para você. A sra. Serrocold estava sentada *aqui*... à direita da lareira, perto da porta do gabinete. Todo mundo concorda que ela não se moveu, e ela é a única que está na linha direta de visão. Miss Marple estava aqui. Ficou olhando a porta do gabinete por cima da sra. Serrocold. A sra. Strete encontrava-se à esquerda da lareira... perto da porta de saída do salão para o vestíbulo, e é um canto muito escuro. Ela *poderia* ter saído e voltado. Sim, é possível.

Curry arreganhou os dentes de súbito.

– E eu poderia sair – ele se esgueirou do banquinho e avançou de lado pela parede até sair pela porta. – A única pessoa que poderia notar a minha ausência no piano seria Gina Hudd. E você se lembra do que Gina disse: "No começo Stephen estava no piano. *Não sei para onde foi depois*".

– Então o senhor acha que foi Stephen?

– Não sei quem foi – disse Curry. – Não foi Edgar Lawson ou Lewis Serrocold ou a sra. Serrocold ou Miss Jane Marple. Mas quanto ao resto... – ele suspirou. – Provavelmente é o americano. Esse fusível queimado foi meio conveniente demais... uma coincidência. E no entanto, sabe, até que eu gosto do camarada. Mesmo assim, não serve como prova.

Ele examinou, pensativo, certas partituras de música ao lado do piano.

– Hindemith? Quem é esse? Nunca ouvi falar. Shostakovitch! Os nomes que essa gente tem...

O inspetor se levantou e depois fixou os olhos no antiquado banquinho de piano. Puxou a tampa do banco.

– Aqui está o material das antigas. O *Largo* de Handel, os *Exercícios* de Czerny. Remonta ao tempo do velho Gulbrandsen a maioria disso aqui. *I Know a Lovely Garden*... a mulher do vigário costumava cantar isso quando eu era pequeno...

Ele parou – as páginas amareladas da canção em sua mão. Por baixo delas, repousando nos *Prelúdios* de Chopin, havia uma pequena pistola automática.

– Stephen Restarick – exclamou, jubilante, o sargento Lake.

– Não tire conclusões apressadas – o inspetor Curry advertiu. – Aposto dez contra um que isso é o que querem que pensemos.

Capítulo 15

I

Miss Marple subiu as escadas e bateu na porta do quarto da sra. Serrocold.

– Posso entrar, Carrie Louise?

– É claro, Jane.

Carrie Louise estava sentada diante da penteadeira, escovando seu cabelo prateado. Virou a cabeça por cima do ombro.

– É a polícia? Estarei pronta em poucos minutos.

– Você está bem?

– Sim, claro. Jolly insistiu que eu tomasse o meu café da manhã na cama. E Gina entrou com o café no quarto como se eu pudesse estar às portas da morte! Acho que as pessoas não se dão conta de que tragédias como a morte de Christian são bem menos chocantes para uma pessoa velha. Porque a gente já sabe, por essa altura, que qualquer coisa pode acontecer... e o quão pouco importa, realmente, qualquer coisa que aconteça neste mundo.

– Si-im – disse Miss Marple em dúvida.

– Você não sente o mesmo, Jane? Eu diria que sente.

Miss Marple falou devagar:

– Christian foi assassinado.

– Sim... sei o que você quer dizer. Você acha que *de fato* importa.

– E você não?

– Não para Christian – Carrie Louise respondeu simplesmente. – Importa, é claro, para quem quer que o tenha matado.

– Você faz alguma ideia de quem o matou?

A sra. Serrocold balançou a cabeça de uma maneira perplexa.

– Não, não faço nenhuma ideia em absoluto. Não consigo sequer pensar numa razão. Deve ter tido algo a ver com a visita anterior dele... só um pouco mais de um mês atrás. Porque caso contrário eu acho que ele não teria voltado repentinamente para cá por nenhuma razão em particular. Seja lá o que fosse, deve ter começado nessa ocasião. Pensei e pensei, mas não consigo recordar qualquer coisa de anormal... Ah! As mesmas pessoas que estão aqui agora... sim, Alex viera de Londres pouco antes. E... ah, sim, Ruth estava aqui.

– Ruth?

– Sua costumeira visita relâmpago.

– Ruth – Miss Marple repetiu.

Sua mente se agitou. Christian Gulbrandsen e Ruth? Ruth tinha ido embora preocupada e apreensiva, mas não entendera por quê. Algo estava errado – era o máximo que Ruth conseguia dizer. Christian Gulbrandsen soubera ou desconfiara de algo que não era do conhecimento de Ruth. Soubera ou suspeitara que alguém estava tentando envenenar Carrie Louise. De que modo Christian Gulbrandsen havia chegado a nutrir essas suspeitas? O que vira ou escutara? Seria algo que Ruth também vira ou escutara, mas cujo verdadeiro significado deixara de captar? Miss Marple sentia um forte desejo de saber o que teria sido. Seu próprio palpite vago de que (fosse o que fosse) tinha relação com Edgar Lawson parecia improvável, visto que Ruth não mencionara o jovem.

Ela suspirou.

– Vocês estão todos escondendo alguma coisa de mim, não estão? – Carrie Louise perguntou.

Miss Marple se sobressaltou um pouco com a manifestação daquela voz tranquila.

– Por que você diz isso?

– Porque vocês estão. Não Jolly. Mas todos os demais. Até Lewis. Ele entrou enquanto eu estava tomando meu café e agiu de uma forma muito esquisita. Bebeu um pouco do meu café e até deu uma mordida na minha torrada com geleia. Isso não é nem um pouco típico dele, porque ele sempre toma chá e não gosta de geleia, então decerto estava pensando em outra coisa... e suponho que deva ter esquecido de tomar seu próprio café da manhã. Ele se esquece mesmo de refeições e coisas assim, e parecia tão inquieto e preocupado.

– Assassinato... – Miss Marple começou.

Carrie Louise disse depressa:

– Ah, eu sei. É uma coisa terrível. Nunca me envolvi com isso antes. Você já, não é mesmo, Jane?

– Bem... sim... já, na verdade – Miss Marple admitiu.

– Foi o que Ruth me contou.

– Ela lhe contou isso na última vez em que esteve aqui? – Miss Marple perguntou com curiosidade.

– Não, não creio que tenha sido nessa ocasião. Não consigo me lembrar bem.

Carrie Louise falava de um modo vago, quase distraído.

– Você está pensando no que, Carrie Louise?

A sra. Serrocold sorriu e pareceu voltar de um lugar longínquo.

– Estava pensando em Gina – disse. – E no que você falou sobre Stephen Restarick. Gina é um doce de garota, sabe, e ela realmente ama Wally. Tenho certeza disso.

Miss Marple não disse nada.

– Jovens como Gina gostam de fazer um pouco de folia – a sra. Serrocold falou com uma voz quase suplicante. – São jovens e gostam de sentir seu poder. É natural, na verdade. Sei que Wally Hudd não é o tipo de homem que nós tínhamos imaginado como marido de Gina. Em circunstâncias normais, ela sequer o teria conhecido. Mas o conheceu e se apaixonou por ele... e além disso, é de se presumir, sabe melhor do que ninguém o que é bom para ela.

– Provavelmente sabe – disse Miss Marple.

– Mas é tão absolutamente importante que Gina seja feliz...

Miss Marple fitou sua amiga com curiosidade.

– É importante, eu suponho, que todo mundo seja feliz.

– Ah, claro. Mas Gina é um caso muito especial. Quando ficamos com a mãe dela... quando ficamos com Pippa... sentimos que era um experimento que simplesmente precisava ser bem-sucedido. Entenda, a mãe de Pippa...

Carrie Louise fez uma pausa.

Miss Marple perguntou:

– Quem era a mãe de Pippa?

Carrie Louise disse:

– Eric e eu concordamos que nunca contaríamos isso a ninguém. Ela mesma nunca soube.

– Eu gostaria de saber – disse Miss Marple.

A sra. Serrocold a encarou, indecisa.

– Não é só curiosidade – falou Miss Marple. – Eu realmente... bem... *preciso* saber. Sou capaz de segurar a minha língua...

– Você sempre soube guardar um segredo, Jane – Carrie Louise afirmou com um sorriso reminiscente. – O dr. Galbraith... ele é o bispo de Cromer agora... ele sabe. Mas ninguém mais. A mãe de Pippa era Katherine Elsworth.

– Elsworth? Não foi aquela mulher que ministrou arsênico para o marido? Um caso bem célebre.

– Sim.

– Ela foi enforcada?

– Sim. Mas, veja bem, não se pode afirmar com segurança que ela tenha cometido aquilo. O marido era um comedor de arsênico... eles não entendiam tão bem dessas coisas naquela época.

– Ela embebia papéis mata-moscas.

– O testemunho da criada, nós sempre pensamos, foi definitivamente malicioso.

– E Pippa era filha dela?

– Sim. Eric e eu decidimos dar à criança uma chance de recomeçar a vida do zero... com amor e carinho e todas as coisas das quais uma criança precisa. Fomos bem-sucedidos. Pippa era... o que era. A criatura mais feliz e doce que se pode imaginar.

Miss Marple ficou calada por um longo tempo.

Carrie Louise se afastou da penteadeira.

– Já estou pronta. Quem sabe você pede ao inspetor, ou seja lá o que ele for, para subir até a minha sala de estar... Ele não vai se importar, eu tenho certeza.

II

O inspetor Curry não se importou. Na verdade, até comemorou a oportunidade de ver a sra. Serrocold em seu próprio território.

Enquanto ficou ali esperando por ela, olhou em volta com curiosidade. Não era sua ideia do que ele classificava como "um *boudoir* de mulher rica".

Havia um divã antiquado e algumas cadeiras vitorianas de aspecto bem pouco confortável, com encostos de madeira retorcida. As chitas eram velhas e desbotadas, mas tinham um padrão atraente, com reproduções do Crystal Palace. Era um dos menores aposentos, embora mesmo assim fosse mais amplo do que as salas de visitas da maioria das casas modernas. Mas tinha um ar aconchegante, e um tanto abarrotado, com suas mesinhas, seu bricabraque, suas fotografias. Curry observou um velho instantâneo de duas meninas, uma delas morena e vivaz, a outra feia e olhando de modo emburrado para o mundo por trás de uma franja pesada. Ele vira essa mesma expressão naquela manhã. "Pippa e Mildred", estava escrito na fotografia. Havia uma foto de Eric Gulbrandsen pendurada na parede, com uma base de ouro e uma pesada moldura de ébano. Curry acabara de avistar a fotografia de um homem bonito com olhos enrugados de riso – presumiu ser John Restarick – quando a porta se abriu e a sra. Serrocold entrou.

Ela estava de preto – um preto diáfano, esvoaçante. O pequeno rosto branco e rosado parecia extraordinariamente menor sob a coroa de cabelos prateados, e havia uma fragilidade em sua figura que calou fundo no coração do inspetor Curry. Ele entendeu naquele momento, em boa medida, algo que o deixara perplexo no começo da manhã. Entendeu o motivo pelo qual as pessoas se mostravam tão ansiosas em poupar Caroline Louise Serrocold de tudo que pudesse ser poupada.

"E no entanto", pensou, "ela não é do tipo que sequer faria um mínimo escândalo..."

Carrie Louise o cumprimentou, pediu-lhe que se sentasse e se acomodou numa poltrona perto dele. Era menos ele que a deixava à vontade do que o contrário. O inspetor começou a fazer suas perguntas e ela respondeu-as prontamente, sem hesitação. O defeito nas luzes, a discussão entre Edgar Lawson e o marido dela, o tiro que haviam escutado...

– Não lhe pareceu que o tiro vinha de dentro da casa?

– Não, achei que vinha de fora. Achei que pudesse ter sido um escapamento de carro.

– Durante a discussão entre o seu marido e o tal jovem Lawson no gabinete, a senhora notou alguém saindo do salão?

– Wally já saíra para resolver o problema das luzes. A srta. Bellever saiu pouco depois... para pegar alguma coisa, mas não lembro agora o que era.

– Quem mais deixou o salão?

– Ninguém, até onde eu sei.

– E saberia mesmo, sra. Serrocold?

Ela refletiu por um momento.

– Não, não creio que soubesse.

– Estava completamente absorvida por aquilo que conseguia ouvir do que se passava dentro do gabinete?

– Sim.

– E estava apreensiva quanto ao que podia ocorrer ali?

– Não... não, eu não diria isso. Não achei que algo realmente aconteceria.

– Mas Lawson tinha um revólver?

– Sim.

– E ameaçava o seu marido com ele?

– Sim. Mas não fazia isso por querer.

O inspetor Curry sentiu sua leve exasperação habitual com essa declaração. Ela era mais uma!

– Não há maneira de a senhora ter certeza disso, sra. Serrocold.

– Bem, mas eu tive certeza. Na minha própria mente, eu quero dizer. Como é que os jovens falam...? Fazendo uma cena? Foi o que me pareceu. Edgar é só um menino. Estava sendo melodramático e tolo e fantasiando ser um personagem audaz e desesperado. Vendo-se como um herói injustiçado numa história romântica. Eu tinha plena certeza de que ele nunca iria disparar aquele revólver.

– Mas ele o disparou, sra. Serrocold.

Carrie Louise sorriu.

– Creio que foi acionado por acidente.

A exasperação se apoderou do inspetor Curry mais uma vez.

– Não foi um acidente. Lawson disparou aquele revólver duas vezes... e o disparou contra o seu marido. As balas não o acertaram por pouco.

Carrie Louise ficou sobressaltada e depois muito séria.

– Não posso realmente acreditar nisso. Ah, sim... – ela se antecipou para impedir o protesto do inspetor – é claro, tenho de acreditar se isso é o que o senhor me diz. Mas mesmo assim eu sinto que deve haver uma explicação simples. Talvez o dr. Maverick possa me dar essa explicação.

– Ah, sim, o sr. Maverick vai explicar tudo direitinho – disse Curry sombrio. – O dr. Maverick consegue explicar qualquer coisa. Estou certo disso.

Inesperadamente, a sra. Serrocold falou:

– Sei que muito do que fazemos aqui lhe parece bobo e sem sentido, e os psiquiatras sabem ser bem irritantes de vez em quando. Mas nós *obtemos* resultados... Temos os nossos fracassos, mas temos sucessos também. E o que tentamos fazer *vale* a pena fazer. E, muito embora o senhor provavelmente não acredite, Edgar é realmente devotado ao meu marido. Começou com essa história tola sobre ser filho de Lewis porque quer muito ter um pai como Lewis. Mas o que eu não consigo entender é o motivo pelo qual, de repente, ele se tornou *violento*. Ele melhorara tanto... estava praticamente normal, de fato. Na verdade, Edgar sempre me pareceu normal.

O inspetor não contestou esse ponto. Falou:

– O revólver que estava com Edgar Lawson pertencia ao marido da sua neta. É de se presumir que Lawson o pegou no quarto de Walter Hudd. Agora me diga: a senhora já tinha visto *esta* arma antes?

Na palma da mão, estendeu a pequena automática preta.

Carrie Louise olhou-a.

– Não, acho que não.

– Eu a encontrei no banquinho do piano. Foi disparada recentemente. Não tivemos tempo de fazer uma análise satisfatória, mas eu diria que se trata quase certamente da arma com a qual o sr. Gulbrandsen foi baleado.

Ela franziu o cenho.

– E o senhor a encontrou no banquinho do piano?

– Por baixo de algumas partituras muito velhas. Músicas que ninguém toca há vários anos, eu diria.

– Escondida, então?

– Sim. A senhora se lembra de quem estava no piano ontem à noite?

– Stephen Restarick.

– Ele estava tocando?

– Sim. Bem de leve. Uma melodia melancólica e engraçada.

– Quando foi que ele parou de tocar, sra. Serrocold?

– Quando parou? Eu não sei.

– Mas de fato parou, não? Ele não continuou tocando ao longo da discussão toda.

– Não. A música simplesmente cessou.

– Ele chegou a se levantar do banco do piano?

– Não sei. Não tenho a menor ideia do que ele fez até que se aproximou da porta do gabinete para testar uma chave na fechadura.

– Consegue imaginar alguma razão para Stephen Restarick querer matar o sr. Gulbrandsen?

– Nenhuma em absoluto.

Ela acrescentou pensativa:

– Não creio que ele tenha feito isso.

– Gulbrandsen podia ter descoberto alguma coisa incriminadora sobre ele.

– Isso me parece muito improvável.

O inspetor Curry teve um desejo quase incontrolável de retrucar: "Porcos podem até voar, mas são pássaros bem improváveis". Era um ditado de sua vó. Miss Marple, ele pensou, por certo devia conhecê-lo.

III

Carrie Louise desceu a ampla escadaria e três pessoas convergiram ao encontro dela vindas de direções diferentes: Gina, do longo corredor; Miss Marple, da biblioteca; e Juliet Bellever, do Grande Salão.

Gina falou primeiro.

– Querida! – exclamou com fervor. – Está bem? Não a intimidaram ou a interrogaram com ameaças ou algo assim?

– Claro que não, Gina. Que ideias malucas você tem! O inspetor Curry foi encantador e muito delicado.

– Não fez mais do que sua obrigação – disse a srta. Bellever. – Pois bem, Carrie, eu trouxe todas as suas cartas e um embrulho. Ia levá-las para você.

– Leve tudo até a biblioteca – disse Carrie Louise.

As quatro foram até a biblioteca.

Carrie Louise se sentou e começou a abrir suas cartas. Eram cerca de vinte ou trinta.

Enquanto as abria, foi passando-as à srta. Bellever, que as separou em pilhas, explicando seu método para Miss Marple ao mesmo tempo:

– Três categorias principais. Uma... de parentes dos rapazes. Estas eu entrego para o dr. Maverick. Das cartas com pedidos eu mesma cuido. E o resto é pessoal... e Cara me deixa bilhetes indicando como devo tratar delas.

Com a correspondência vistoriada, a sra. Serrocold voltou suas atenções ao embrulho, cortando o barbante com uma tesoura.

Por trás do invólucro impecável apareceu uma sedutora caixa de chocolates amarrada com uma fita dourada.

– Alguém deve pensar que é o meu aniversário – a sra. Serrocold falou com um sorriso.

Ela tirou a fita e abriu a caixa. Dentro havia um cartão de visita. Carrie Louise o contemplou com ligeira surpresa.

– *Com amor, Alex* – disse. – Que estranho da parte dele me mandar uma caixa de chocolates pelo correio no mesmo dia em que estava vindo para cá.

Uma inquietação se agitou na mente de Miss Marple.

Ela falou rapidamente:

– Espere um pouco, Carrie Louise. Não coma nenhum ainda.

A sra. Serrocold pareceu ficar levemente surpresa.

– Eu ia distribuí-los entre vocês.

– Bem, não faça isso. Espere até que eu pergunte... Por acaso Alex está por aqui na casa, Gina, você sabe?

Gina respondeu de pronto:

– Alex estava no salão agora mesmo, eu acho.

Ela atravessou a sala, abriu a porta e o chamou.

Alex Restarick apareceu no vão da porta um momento depois.

– Querida Madona! Então já levantou. Sentindo-se melhor?

Ele avançou até a sra. Serrocold e beijou-a suavemente nas duas bochechas.

Miss Marple disse:

– Carrie Louise quer agradecer ao senhor pelos chocolates.

Alex exibiu uma expressão de surpresa.

– Que chocolates?

– Estes chocolates – disse Carrie Louise.

– Mas eu não lhe mandei chocolate nenhum, querida.

– A caixa veio com o seu cartão – a srta. Bellever falou.

Alex baixou os olhos.

– De fato. Estranho... Muito estranho... Com certeza não a mandei.

– Que coisa absolutamente extraordinária – disse a srta. Bellever.

– Eles parecem deliciosos – Gina falou, contemplando a caixa. – Veja, grã-vó, no meio tem chocolates com kirsch, os seus favoritos.

Com gentileza, mas de modo firme, Miss Marple tirou a caixa das mãos dela. Sem dizer uma única palavra, saiu da sala com a caixa e foi procurar o sr. Serrocold. Demorou algum tempo, porque ele havia ido para o colégio – encontrou-o lá, na sala do dr. Maverick. Colocou a caixa na mesa diante dele. O sr. Serrocold ouviu um breve relato das circunstâncias. Seu rosto se mostrou subitamente rígido e sério.

Com cuidado, ele e o doutor tiraram da caixa chocolate após chocolate para examiná-los.

– Acho – disse o dr. Maverick – que estes que botei de lado foram certamente adulterados. Percebem a superfície irregular da camada de chocolate por baixo? O próximo passo é submetê-los a uma análise.

– Mas parece incrível... – disse Miss Marple. – Ora, todas as pessoas na casa poderiam ter sido envenenadas!

Lewis concordou com a cabeça. Seu rosto se mostrava branco e rígido.

– Sim... há uma brutalidade... um desrespeito... – ele se interrompeu. – Na verdade, acredito que todos estes chocolates em separado têm recheio de kirsch. É o favorito de Caroline. Então, percebam, existe um conhecimento por trás disso.

Miss Marple falou com tranquilidade:

– Se for como suspeita o senhor... se houver... *veneno*... nestes chocolates, então receio que Carrie Louise terá de saber o que está se passando. Ela precisa ficar de sobreaviso.

Lewis Serrocold disse gravemente:

– Sim. Ela terá de saber que alguém quer matá-la. Creio que quase não vai conseguir acreditar.

Capítulo 16

I

– Ei, senhorita. É verdade que tem um envenenador aprontando por aí?

Gina puxou o cabelo para trás e deu um salto quando lhe chegou o sussurro áspero. Ela tinha tinta na bochecha e nas calças. Ela e seus seletos ajudantes haviam trabalhado com afinco no pano de fundo do Nilo ao pôr do sol para a próxima produção teatral.

Era um desses ajudantes quem estava lhe fazendo agora essa pergunta. Ernie, o garoto que lhe dera lições tão valiosas na manipulação de fechaduras. Os dedos de Ernie eram igualmente hábeis na carpintaria de cenário, e ele era um dos mais entusiasmados assistentes teatrais.

Seus olhos se mostravam agora brilhantes e redondos, com prazerosa antecipação.

Ernie fechou um olho.

– Não se fala em outra coisa nos dormitórios – disse. – Mas ouça uma coisa, senhorita, não foi um de *nós*. Não uma coisa dessas. E ninguém ia mexer um dedo pra prejudicar a sra. Serrocold. Nem Jenkins a atacaria. Não é como se fosse a cadela velha. Eu não me importaria muito de envenenar ela, não mesmo.

– Não fale desse jeito da srta. Bellever.

– Desculpa, senhorita. Escapou. Que veneno foi, senhorita? Estricnina, não foi? Faz você se dobrar todo e morrer na maior agonia, esse aí. Ou foi ácido prussiano?

– Não sei do que você está falando, Ernie.

Ernie piscou de novo.

– Até parece que não! Foi o sr. Alex que fez isso, estão dizendo. Trouxe aqueles chocolates de Londres. Mas isso é mentira. O sr. Alex não ia fazer uma coisa dessas, ia, senhorita?

– É claro que não iria – disse Gina.

– Bem mais provável ser o sr. Baumgarten. Quando ele dá fisioterapia pra gente, ele faz umas caras horrorosas, e Don e eu achamos que ele não bate bem.

– Só afaste essa terebintina do caminho.

Ernie obedeceu, murmurando consigo:

– A vida tá perigosa por aqui! Acabaram com o velho Gulbrandsen ontem e agora um envenenador secreto. A senhorita acha que é a mesma pessoa fazendo as duas coisas? O que é que a senhorita ia dizer, hein, senhorita, se eu dissesse que eu sei quem acabou com ele?

– Não há como você saber qualquer coisa sobre isso.

– Ah, não sei, é? E supondo que eu tava lá fora ontem de noite e vi uma coisa?

– Como você poderia ter saído? O colégio fica trancado depois da lista de chamada às sete.

– Lista de chamada... eu consigo sair a hora que eu quero, senhorita. Fechadura não quer dizer nada pra mim. Eu saio e dou uma volta pelo jardim só pra me divertir; dou, sim.

Gina disse:

– Eu gostaria que você parasse com as mentiras, Ernie.

– Quem é que tá mentindo?

– Você está. Você fica mentindo e se vangloriando de coisas que nunca chegou perto de fazer.

– Isso é o que a senhorita acha. Só espera até os tiras aparecerem pra me perguntar tudo sobre o que eu vi ontem de noite.

– Bem, o que foi que você viu?

– Ah – disse Ernie –, a senhorita bem que quer saber, então?

Gina fez uma investida contra Ernie e ele bateu numa retirada estratégica. Stephen veio do outro lado do teatro e se juntou a Gina. Os dois discutiram variados assuntos técnicos e então, lado a lado, caminharam de volta na direção da casa.

– Todos eles parecem saber sobre a grã-vó e os bombons – disse Gina. – Os rapazes, eu quero dizer. Como eles ficaram sabendo?

– Alguma espécie de boataria entre eles.

– E sabiam sobre o cartão de Alex. Stephen, sem dúvida foi muita estupidez colocar o cartão de Alex na caixa quando ele estava mesmo vindo para cá.

– Sim, mas quem sabia que ele estava vindo para cá? Ele decidiu vir no calor do momento e mandou um telegrama. Provavelmente a caixa foi despachada por essa altura. E, se ele não tivesse vindo, colocar o cartão na caixa teria sido uma bela ideia. Porque ele de fato manda chocolates para Caroline de vez em quando.

Ele continuou devagar:

– O que eu simplesmente não consigo entender é...

– É por que alguém iria querer envenenar a grã-vó – Gina completou a frase. – Eu sei. É *inconcebível*! Ela é tão adorável... e absolutamente todos *têm* adoração por ela.

Stephen não respondeu. Gina olhou para ele bruscamente.

– Eu sei o que você está pensando, Steve!

– Será?

– Você está pensando que Wally... não tem adoração por ela. Mas Wally jamais iria envenenar alguém. A ideia é risível.

– A esposa leal!

– Não diga isso com esse tom de voz sarcástico.

– Eu não quis ser sarcástico. Acho que você *é* leal. Admiro-a por isso. Mas, minha querida Gina, você não vai segurar por muito tempo, sabe...

– O que você está querendo dizer, Steve?

– Você sabe muito bem o que eu quero dizer. Você e Wally não foram feitos um para o outro. É só uma dessas coisas que não funcionam. Ele sabe disso também. A separação vai chegar a qualquer momento agora. E vocês dois vão ficar bem mais felizes quando tiver chegado.

Gina disse:

– Não seja idiota.

Stephen riu.

– Ora essa, não vai querer fingir que vocês dois combinam, ou que Wally seja feliz aqui.

– Ah, eu não sei qual é o problema com ele – Gina exclamou. – Ele fica o tempo todo carrancudo. Quase não fala. Eu... eu não sei o que fazer em relação a ele. Por que é que ele não consegue relaxar aqui? Antes nós nos divertíamos tanto... tudo era divertido... e agora ele poderia passar por uma pessoa diferente. Por que é que as pessoas precisam mudar tanto?

– Eu mudo?

– Não, Steve, meu querido. Você é sempre Steve. Você se lembra de como eu costumava ficar grudada atrás de você nas férias?

– E que chateação eu costumava pensar que você era... Gina, aquela garotinha desgraçada. Bem, a situação se inverteu agora. Você praticamente manda em mim, não é mesmo, Gina?

Gina retrucou:

– Idiota.

Ela continuou às pressas:

– Você acha que Ernie estava mentindo? Ele inventou que tinha ficado perambulando pela névoa ontem à noite e insinuou que poderia dizer certas coisas a respeito do assassinato. Você acha que isso pode ser verdade?

– Verdade? É claro que não. Você sabe como ele conta vantagem. Qualquer coisa para se fazer de importante.

– Ah, eu sei. Eu só estava pensando...

Os dois caminharam lado a lado em silêncio.

II

O sol poente iluminava a fachada oeste da casa. O inspetor Curry olhou nessa direção.

– É este, mais ou menos, o lugar no qual você parou o seu carro ontem à noite? – ele perguntou.

Alex Restarick recuou por um momento, como que ponderando.

– Foi bem por aqui – ele falou. – É difícil dizer ao certo por causa da névoa. Sim, eu diria que este foi o lugar.

O inspetor Curry ficou olhando em volta, calculando.

O caminho de aproximação à casa, coberto de cascalho, fazia uma lenta curva, e, naquele ponto, emergindo por trás de uma barreira de rododendros, a fachada oeste da casa surgia subitamente à vista com seu terraço e suas sebes de teixo e seus degraus descendo até os gramados. Dali em diante o caminho continuava em seu progresso encurvado, passando por um cinturão de árvores, contornando o lago e a casa até terminar na ampla curva coberta de cascalhos no lado leste da casa.

– Dodgett – disse o inspetor Curry.

O policial Dodgett, que se mantivera de prontidão, colocou-se em movimento num espasmo. Ele se lançou em velocidade pelo espaço intermediário de gramado, seguindo uma linha diagonal até a casa, alcançou o terraço e entrou pela porta lateral. Alguns instantes depois, as cortinas de uma das janelas foram violentamente agitadas. Então o policial Dodgett reapareceu saindo pela porta do jardim e correu de volta na direção deles, resfolegando como uma locomotiva.

– Dois minutos e 45 segundos – disse o inspetor Curry, fazendo parar o cronômetro com o qual medira o percurso. – Não levam muito tempo essas coisas, certo?

Seu tom era o de uma conversação aprazível.

– Eu não corro tão rápido quanto o seu assistente – Alex falou. – Presumo que *sejam* os meus supostos movimentos o que o senhor esteja cronometrando...

– Estou apenas assinalando que o senhor teve a oportunidade para cometer o assassinato. Isso é tudo, sr. Restarick. Não estou fazendo acusação nenhuma... por enquanto.

Alex Restarick falou com gentileza para o policial Dodgett, que ainda ofegava:

– Não consigo correr com a sua rapidez, mas acredito que estou mais em forma.

– É ainda por causa da bronquite que eu tive no inverno passado – disse Dodgett.

Alex voltou-se para o inspetor.

– Falando sério agora: apesar de tentar me deixar desconfortável e de observar as minhas reações... e o senhor precisa levar em conta que nós, do meio artístico, ah, somos tão sensíveis, plantas tão delicadas! – sua voz assumiu um tom zombeteiro. – O senhor não tem como realmente acreditar que eu tive algo a ver com isso tudo... Eu dificilmente mandaria uma caixa de chocolates envenenados para a sra. Serrocold com o meu cartão dentro, certo?

– Esse poderia ser um despiste planejado. Eu sei o que é um blefe duplo, sr. Restarick.

– Ah, entendo. O seu raciocínio é tão engenhoso... A propósito, aqueles chocolates *estavam* envenenados?

– Os seis chocolates contendo recheio de kirsch na camada de cima estavam envenenados, sim. Continham aconitina.

– Não é um dos meus venenos favoritos, inspetor. Pessoalmente, tenho uma queda por curare.

– O curare precisa ser introduzido na corrente sanguínea, sr. Restarick, não no estômago.

– A corporação policial é um poço de sabedoria – Alex retrucou admirado.

O inspetor Curry lançou um discreto olhar de relance para o jovem. Notou as orelhas ligeiramente pontudas, o tipo de rosto não inglês, mongólico. Os olhos que dançavam com zombaria maliciosa. Era difícil, em qualquer dado momento, saber o que Alex Restarick estava pensando. Um sátiro... ou seria melhor dizer um fauno? Um fauno de barriga cheia, o inspetor Curry pensou de súbito, e, de alguma maneira, havia certo aspecto desagradável nessa ideia.

Um embusteiro com cérebro – é assim que ele definiria Alex Restarick. Mais esperto do que o irmão. A mãe era russa, segundo soubera. Os russos, para o inspetor Curry, eram o que os franceses tinham sido nos primórdios do século XIX e o que os "hunos" tinham sido no começo do século XX. Qualquer coisa que se relacionasse com a Rússia era ruim na opinião do inspetor Curry, e, se Alex Restarick assassinara Gulbrandsen, ele seria um criminoso muito satisfatório. No entanto, infelizmente, Curry não estava de modo algum convencido disso.

O policial Dodgett, tendo recuperado o fôlego, conseguiu falar:

– Eu puxei as cortinas como o senhor me pediu – ele disse. – E contei até trinta. Notei que um dos ganchos está arrebentado no alto. Significa que há uma abertura. Daria para ver a luz do quarto do lado de fora.

O inspetor Curry perguntou para Alex:

– O senhor notou a luz escapando por aquela janela ontem à noite?

– Eu não conseguia ver nada da casa por causa da névoa. Já lhe falei isso.

– A névoa é desigual, no entanto. Às vezes ela clareia por um minuto aqui e ali.

– Ela nunca clareou o bastante de modo que eu conseguisse enxergar a casa... isto é, a parte principal. O prédio do ginásio, mais perto, assomava da neblina de uma maneira deliciosamente insubstancial. Dava uma perfeita ilusão de armazéns portuários. Como eu lhe contei, estou montando um balé sobre Limehouse e...

– O senhor me contou – concordou o inspetor Curry.

– A gente pega o hábito, sabe, de olhar as coisas do ponto de vista de um cenário teatral, e não do ponto de vista da realidade.

– Não duvido. Mesmo assim, um cenário teatral é real o bastante, não é, sr. Restarick?

– Não entendi muito bem o que o senhor quer dizer, inspetor.

– Bem, ele é feito de materiais reais... tela e madeira e tinta e papelão. A ilusão está nos olhos de quem vê, não no cenário em si. Isso, como eu disse, é real o bastante, tão real nos bastidores quanto na frente do palco.

Alex o fitou com olhos arregalados.

– Mas essa, vejam só, é uma observação *muito* penetrante, inspetor. Até me deu uma ideia.

– Para outro balé?

– Não, não para outro balé... Minha nossa, será que todos nós não fomos meio estúpidos demais?

III

O inspetor e Dodgett voltaram até a casa pelo gramado. ("Procurando por pegadas", Alex disse consigo. Mas estava errado. Haviam procurado por pegadas bem cedo naquela manhã e fracassado, porque chovera forte às duas da madrugada.) Alex seguiu lentamente caminho acima, revolvendo na mente as possibilidades da nova ideia.

Desviou-se do raciocínio, entretanto, com a visão de Gina caminhando pela trilha junto ao lago. A casa ficava numa ligeira elevação, e o terreno caía numa inclinação suave das vias de cascalho rumo ao lago, que era cercado por rododendros e outros arbustos. Alex desceu correndo pelo cascalho ao encontro de Gina.

– Se a gente pudesse apagar aquela absurda monstruosidade vitoriana – ele disse, estreitando os olhos –, isto aqui daria um ótimo *O lago dos cisnes*, com você, Gina, como a donzela princesa. Mas você combina mais com a rainha, pensando melhor. Implacável, determinada a fazer valer a sua vontade, sem a menor bondade ou piedade ou quaisquer rudimentos de compaixão. Você é muito, *muito* feminina, minha querida Gina.

– Como você é malicioso, meu querido Alex!

– Porque eu nunca me deixo ser enganado por você? Você se acha o máximo, não é mesmo, Gina? Manipula todos nós como bem entende. Eu, Stephen e aquele enorme marido simplório que você tem.

– Você está falando besteira.

– Ah, não, não estou. Stephen está apaixonado por você. Eu estou apaixonado por você, e Wally é miseravelmente infeliz. O que mais uma mulher poderia querer?

Gina olhou para Alex e riu.

Alex assentiu com a cabeça vigorosamente.

– Você tem os rudimentos da honestidade, fico contente por constatar. Isso é o seu sangue latino. Você não se dá o trabalho de fingir que não é irresistível para os homens... e que lamenta muitíssimo se eles a consideram irresistível. Você gosta de ver os homens apaixonados por você, não gosta, minha cruel Gina? Até o miserável Edgar Lawson!

Gina o encarou com firmeza. Falou num tom calmo e sério:

– Isso não dura muito tempo, sabe... O destino das mulheres no mundo é bem pior que o dos homens. Elas são mais vulneráveis. Têm filhos e se importam... muitíssimo... com seus filhos. Tão logo perdem a beleza, os homens que elas amam já não as amam mais. São traídas e abandonadas e deixadas de lado. Não os culpo. Eu faria o mesmo. Não gosto de pessoas velhas ou feias ou doentes ou que se queixam de seus problemas ou que são ridículas como Edgar, fazendo pose por aí, fingindo que é importante e digno de atenção. Você diz que eu sou cruel? Mais cedo ou mais tarde, a crueldade vai se voltar contra *mim*! Mas agora eu sou jovem e tenho boa aparência e as pessoas me consideram atraente... – seus dentes lampejaram com seu peculiar sorriso ensolarado. – Sim, eu gosto disso, Alex. Por que não gostaria?

– Por que mesmo? – retrucou Alex. – O que eu quero saber é o que você vai fazer em relação a isso. Você vai se casar com Stephen ou vai se casar comigo?

– Sou casada com Wally.

– Temporariamente. Toda mulher deveria cometer um erro matrimonial... mas não há necessidade de persistir nele. Tendo testado o espetáculo nas províncias, chegou a hora de levá-lo para o West End.

– E você é o West End?

– Sem dúvida.

– Você realmente quer se casar comigo? Não consigo imaginá-lo casado.

– Faço questão de um casamento. Ter casos, sempre me pareceu, é algo tão antiquado... As dificuldades com passaportes e hotéis e tudo mais. *Nunca* terei uma amante, a menos que eu não consiga conquistá-la de nenhum outro jeito!

Gina soltou uma risada fresca e cristalina.

– Você me diverte tanto, Alex...

– É o meu principal atributo. Stephen é muito mais bem-apessoado do que eu. É extremamente bonito e muito intenso, o que, é claro, as mulheres adoram. Mas a intensidade é cansativa dentro de casa. Comigo, Gina, você vai ter uma vida de pura diversão.

– Não vai dizer que me ama loucamente?

– Por mais verdadeiro que isso possa ser, certamente não direi isso. Seria um ponto a mais para você e um a menos para mim se eu fizesse isso. Não, tudo que eu estou preparado para fazer é lhe pedir formalmente em casamento.

– Terei de pensar a respeito – Gina falou sorrindo.

– Naturalmente. Além disso, você precisa dar o golpe de misericórdia em Wally primeiro. Tenho enorme simpatia por Wally. Deve ser um legítimo inferno, para ele, ser casado com você e ser arrastado como um peso morto pela esposa para dentro dessa pesada atmosfera familiar de filantropia.

– Que monstro você é, Alex!

– Um monstro perspicaz.

– Às vezes – Gina disse – me parece que Wally não liga para mim. Ele simplesmente nem percebe mais a minha presença.

– Você o atiçou com um graveto e ele não reage? Irritante demais...

Como um raio, Gina lançou a palma da mão no ar e aplicou um tapa sonoro na macia bochecha de Alex.

– Touché! – Alex exclamou.

Com um movimento rápido e ágil, ele a tomou nos braços e, antes que a jovem pudesse resistir, seus lábios se colaram aos dela num beijo longo e ardente. Ela lutou por um momento e então relaxou...

– Gina!

Os dois se separaram num salto. Mildred Strete, rosto vermelho, lábios tremendo, lhes dirigia um olhar maligno. Por um momento, a avidez de suas palavras sufocou sua própria capacidade de proferi-las.

– Repugnante... repugnante... sua garota monstruosa, dissoluta... você é igual à sua mãe... Não presta... eu sempre soube que você não prestava... depravada dos pés à cabeça... e não é só uma adúltera, é uma assassina também. Ah, você é, sim. Eu sei o que sei!

– E sabe o quê? Não seja ridícula, tia Mildred.

– Não sou sua tia coisa nenhuma, graças a Deus. Nenhum parentesco de sangue com você. Ora, você nem sabe quem a sua mãe era ou de onde ela veio! Mas sabe muito bem como eram o meu pai e a minha mãe. Que espécie de criança você acha que eles adotariam? A filha de uma criminosa ou prostituta, provavelmente! Assim eles eram. Eles deviam ter levado em conta que o sangue não mente. Embora eu ouse dizer que o seu lado italiano foi o que a fez optar pelo *veneno*.

– Como ousa dizer isso?

– Vou dizer o que eu quiser. Você não tem como negar, não é mesmo, que alguém tentou envenenar mamãe? E quem é a pessoa mais capaz de ter feito algo assim? Quem ganha uma vasta fortuna se mamãe morrer?

Você ganha, Gina, e pode ter certeza de que a polícia não menosprezou esse fato.

Ainda tremendo, Mildred se afastou com rapidez.

– Patológico – disse Alex. – Definitivamente patológico. *Muitíssimo* interessante de fato. Faz a gente ficar pensando sobre o falecido cônego Strete... escrúpulos religiosos, talvez?... Ou você diria impotência?

– Não seja nojento, Alex. Ah, eu a odeio, odeio, odeio.

Gina cerrou os punhos e chacoalhou o corpo com fúria.

– Sorte que você não tinha uma faca na meia – Alex falou. – Se tivesse, a nossa querida sra. Strete poderia ter aprendido alguma coisa sobre assassinatos pelo ponto de vista da vítima. Acalme-se, Gina. Não faça essa cara melodramática de ópera italiana.

– Como ela se atreve a dizer que eu tentei envenenar a grã-vó?

– Bem, querida, *alguém* tentou envenená-la. E, pelo ponto de vista da motivação, você está bem enquadrada, não está?

– Alex! – Gina o encarou com desalento. – A polícia pensa assim?

– É extremamente difícil saber o que a polícia pensa... Eles resguardam seus pareceres com uma eficácia notável. Não são nada tolos, sabe... Isso me faz lembrar...

– Para onde você está indo?

– Vou colocar em prática uma ideia minha.

Capítulo 17

I

– Você está dizendo que alguém andou tentando me *envenenar*?

A voz de Carrie Louise transmitia descrença e perplexidade.

– Sabe – ela disse –, eu não consigo realmente acreditar nisso...

Ela esperou por alguns instantes, os olhos semicerrados.

Lewis falou com suavidade:

– Eu gostaria de poder ter poupado você disso, meu amor.

De uma maneira quase distraída, Carrie Louise estendeu uma mão para o marido e ele a pegou.

Miss Marple, sentada perto dos dois, balançou a cabeça com simpatia.

Carrie Louise abriu os olhos.

– Isso é realmente verdade, Jane? – ela perguntou.

– Receio que seja, minha querida.

– Então tudo – Carrie Louise se interrompeu.

Ela prosseguiu:

– Eu sempre acreditei saber o que era real e o que não era... *Isso* não parece real... mas é... Então pode ser que eu esteja errada em tudo... Mas quem poderia desejar fazer uma coisa dessas comigo? Ninguém nesta casa poderia desejar... me *matar*...?

Sua voz ainda transmitia incredulidade.

– Isso é o que eu teria pensado – disse Lewis. – Eu estava errado.

– E Christian tinha conhecimento? Isso explica tudo.

– Explica o quê? – Lewis perguntou.

– Seus modos – respondeu Carrie Louise. – Ele estava muito esquisito, sabe... Não era nem de longe o Christian de sempre. Ele parecia... preocupado por minha causa... como se quisesse me dizer alguma coisa mas optasse por não dizer. E ele perguntou se o meu coração estava forte... E se eu estivera bem nos últimos tempos... Tentando insinuar algo para mim, talvez. Mas por que não dizer logo de uma vez? É tão mais simples dizer tudo logo de uma vez...

– Ele não queria... lhe causar dor, Caroline.

– Dor? Mas por quê... Ah, entendi... – seus olhos se arregalaram. – Então é *nisso* que você acredita. Mas você está errado, Lewis, totalmente errado. Posso lhe garantir isso.

Seu marido evitou encará-la nos olhos.

– Sinto muito – disse a sra. Serrocold após alguns instantes. – Mas eu não consigo acreditar que qualquer coisa do que aconteceu recentemente seja verdade. Edgar atirando em você. Gina e Stephen. Aquela ridícula caixa de chocolates. Simplesmente não é *verdade.*

Ninguém falou nada.

Caroline Louise Serrocold suspirou.

– Suponho – ela disse – que decerto eu vivi fora da realidade por um longo tempo... Por favor, peço a vocês dois, acho que eu gostaria de ficar sozinha... preciso tentar entender...

II

Miss Marple desceu as escadas e seguiu até o Grande Salão, encontrando Alex Restarick parado perto do grande arco de entrada com a mão projetada no ar num gesto um tanto extravagante.

– Entre, entre – Alex falou com alegria e como se fosse o proprietário do Grande Salão. – Eu estava justamente pensando sobre ontem à noite.

Lewis Serrocold, que havia seguido Miss Marple na saída da sala de estar de Carrie Louise, atravessou o Grande Salão até seu gabinete, entrou e fechou a porta.

– O senhor está tentando reconstituir o crime? – Miss Marple perguntou com uma ânsia contida.

– Hein?

Alex a encarou com a testa franzida. Logo a testa franzida se desfez.

– Ah, *isso* – ele disse. – Não, não exatamente. Eu estava observando a coisa toda por um ponto de vista completamente diferente. Estava pensando neste lugar em termos de teatro. Não de realidade, mas de artificialidade! Queira se aproximar. Pense nisto aqui em termos de um palco. Luzes, entradas, saídas. Dramatis Personae. Ruídos criados nos bastidores. Tudo muito interessante. Não é ideia minha, nem um pouco. Foi o inspetor quem me deu. Ele é um homem bastante cruel, eu acho. Fez o possível para me assustar hoje de manhã.

– E conseguiu assustá-lo?

– Não tenho certeza.

Alex descreveu o experimento do inspetor e a cronometragem do desempenho do esbaforido policial Dodgett.

– O tempo – ele disse – é tão absolutamente enganador. A gente pensa que as coisas levam um tempo enorme, mas na realidade, é claro, elas não levam.

– Não – disse Miss Marple.

Representando a plateia, ela se deslocou para uma posição diferente. O cenário agora consistia de uma vasta parede coberta por tapeçarias que se perdiam na obscuridade, com um piano de cauda à esquerda e uma janela com assento de janela à direita. Bem perto do assento de janela via-se a porta da biblioteca. O banquinho do piano ficava a pouco mais de dois metros da porta do vestíbulo quadrado que levava para o corredor. Duas saídas muito convenientes! A plateia, é claro, tinha uma excelente visão de ambas...

Mas na noite anterior não houvera plateia. Isto é, ninguém ficara de frente para o cenário que Miss Marple estava encarando agora. A plateia, na noite anterior, ficara sentada de costas para esse específico palco.

Quanto tempo, Miss Marple ponderou, alguém teria levado para sair furtivamente dali, correr ao longo do corredor, atirar em Gulbrandsen e voltar? Nem de longe tanto tempo quanto se poderia pensar. Cronometrado em minutos e segundos, um tempo brevíssimo, de fato...

O que é que Carrie Louise quisera dizer quando falara para seu marido "Então é *nisso* que você acredita... mas você está errado, Lewis"?

– Devo dizer que essa foi uma observação muito perspicaz do inspetor – a voz de Alex a despertou de suas meditações. – Sobre um cenário ser real. Feito de madeira e papelão e grudado com cola e tão real no lado não pintado quanto no lado pintado. "A ilusão", ele ressaltou, "está nos olhos da plateia."

– Como fazem os ilusionistas – Miss Marple murmurou vagamente. – *Um passe de mágica*, acredito, é como se costuma dizer.

Stephen Restarick entrou, ligeiramente sem fôlego.

– Olá, Alex – ele disse. – Aquele verme, Ernie Gregg... não sei se você se lembra dele...

– Aquele que interpretou Feste quando você montou *Noite de reis*? Uma boa dose de talento ali, eu achei.

– Sim, ele tem uma espécie de talento. Ótimo com as mãos também. Faz bastante carpintaria. Mas isso não vem ao caso. Ele anda se jactando para Gina que sai à noite para perambular em volta da casa. Falou que estava perambulando ontem à noite e se gabou de ter visto alguma coisa.

Alex girou o corpo.

– Ele viu o quê?

– Falou que não quer contar. Na verdade, tenho quase certeza de que ele só está tentando se mostrar e ficar nos holofotes. É um mentiroso dos piores, mas achei que talvez devesse ser questionado.

Alex retrucou com brusquidão:

– Eu o deixaria quieto por um tempo. Não o deixe pensar que estamos interessados demais.

– Talvez... sim, acho que você está certo nesse ponto. Mais tarde, talvez.

Stephen entrou na biblioteca.

Miss Marple, deslocando-se discretamente pelo salão em seu papel de plateia móvel, colidiu com Alex Restarick quando este deu um repentino passo para trás.

Miss Marple disse:

– Sinto muito.

Alex franziu o cenho para ela e falou de uma maneira distraída:

– Perdão...

Logo depois acrescentou com uma voz surpresa:

– Ah, é *a senhorita.*

Este pareceu a Miss Marple um comentário esquisito para uma pessoa com quem ela estivera conversando por um tempo considerável.

– Eu estava pensando em outra coisa – disse Alex Restarick. – Aquele garoto, Ernie... – e fez movimentos vagos com ambas as mãos.

Em seguida, com uma súbita transformação em seus modos, atravessou o salão e entrou na biblioteca, fechando a porta atrás de si.

O murmúrio de vozes escapava pela porta fechada, mas Miss Marple mal lhe deu ouvidos. Não estava interessada no versátil Ernie e no que ele vira ou inventara que vira. Tinha uma forte suspeita de que Ernie não vira nada em absoluto. Não acreditava nem por um segundo que, numa noite árdua e enevoada como a noite anterior, Ernie tivesse se dedicado a praticar suas habilidades no manejo de fechaduras para perambular pelo parque. Segundo todas as probabilidades, o jovem sequer conseguia sair à noite. Ele só estivera contando vantagem, nada mais.

"Como Johnnie Backhouse", pensou Miss Marple, que sempre dispunha de um bom abastecimento de comparações com os habitantes de St. Mary Mead.

"Eu te vi ontem de noite" tinha sido a provocação desagradável de Johnnie Backhouse a qualquer pessoa que ele julgasse poder intimidar.

Aquele se mostrara um comentário de surpreendente sucesso. Tantas pessoas, Miss Marple refletiu, já estiveram em lugares nos quais não queriam ser vistas!

Ela expulsou Johnnie de seus pensamentos e se concentrou em algo nebuloso que o relato de Alex sobre os comentários do inspetor Curry havia trazido à tona. Tais comentários haviam dado uma ideia para Alex. Miss Marple não sabia dizer ao certo se não haviam lhe dado uma ideia também. A mesma ideia? Ou uma diferente?

Ficou parada onde Alex Restarick ficara parado. Pensou consigo: "Este não é um salão real. É só papelão e tela e madeira. Isto é um cenário". Fragmentos desconexos de frases lhe passaram pela mente. "Ilusão...", "Nos olhos da plateia", "*Um passe de mágica...*". Tigelas com peixinhos... metros de fita colorida... donzelas que desaparecem... Toda a panóplia e desorientação da arte do ilusionista.

Algo se agitou em sua consciência – uma imagem – algo que Alex dissera... algo que ele lhe descrevera... o policial Dodgett bufando e ofegando... Ofegando... Algo se deslocou em sua mente – entrou em foco de súbito...

– Ora, é *claro*! – Miss Marple exclamou. – Só pode ser isso...

Capítulo 18

I

– Ah, Wally, que susto você me deu!

Gina, saindo das sombras ao lado do teatro, dera um pequeno salto para trás enquanto a figura de Wally Hudd se materializava no meio da obscuridade. Ainda não estava bem escuro, mas tudo já estava imerso na penumbra sinistra em que os objetos perdem seu aspecto real e assumem formas fantásticas de pesadelo.

– O que é que você está fazendo aqui? Você tem por regra nunca chegar perto do teatro.

– Talvez eu estivesse procurando por você, Gina. Geralmente é o melhor lugar para encontrar você, não é?

A voz macia e lentamente arrastada de Wally não transmitia nenhuma insinuação especial, mas mesmo assim Gina titubeou um pouco.

– É um trabalho, e eu trabalho com afinco. Gosto da atmosfera de tinta e telas, dos bastidores de um modo geral.

– Sim. Isso é muito importante para você. Já percebi. Me diga uma coisa, Gina, quanto tempo você acha que vai levar até ser resolvido esse negócio todo?

– O inquérito é amanhã. Vai ser suspenso por duas semanas ou algo assim. Pelo menos é o que o inspetor Curry nos deu a entender.

– Duas semanas – Wally falou pensativo. – Sei. Quem sabe três semanas. E depois disso... estamos livres. Aí eu volto para os Estados Unidos.

– Ah! Mas eu não posso ir embora correndo desse jeito! – Gina exclamou. – Eu não posso abandonar a grã-vó. E nós temos as duas novas produções nas quais estamos trabalhando...

– Eu não disse "*nós*". Eu disse que *eu* estava indo embora.

Gina parou e olhou para o marido. Algo no efeito das sombras o fazia parecer enorme. Uma grande figura calada – e, de alguma maneira, ou assim lhe parecia, levemente ameaçadora... avultando acima dela. Ameaçando... o quê?

– Você está querendo dizer – ela hesitou – que não quer que eu vá junto?

– Ora, não... eu não disse isso.

– Você não liga se eu for ou não? É isso?

Ela se sentia subitamente enraivecida.

– Ouça uma coisa, Gina. É aqui que nós precisamos colocar tudo em pratos limpos. A gente não sabia muita coisa um sobre o outro quando se casou... bem pouca coisa sobre o passado um do outro, bem pouca coisa sobre a família um do outro. A gente achava que não tinha importância, que nada tinha importância, exceto que a gente se divertisse um monte. Bem, a fase 1 já terminou. O seu pessoal não foi muito... não vai muito... com a minha cara. Talvez eles tenham razão. Eu não sou da mesma laia. E se você está pensando que eu vou ficar aqui, achando tudo ótimo e fazendo trabalhos inúteis num arranjo que me parece ser um troço simplesmente maluco... bem, pense melhor! Eu quero viver no meu próprio país, fazendo o tipo de trabalho que eu quero e sei fazer. A minha ideia de uma esposa é o tipo de esposa que acompanhava os antigos pioneiros, pronta para qualquer coisa, dureza, território inóspito, perigo, regiões desconhecidas... Talvez seja demais pedir isso de você, mas é isso ou nada! Talvez eu tenha empurrado você para o casamento. Se foi esse o caso, talvez fosse melhor você se libertar de mim e começar de novo. A decisão é sua. Se você prefere um desses garotos metidos a artista... a vida é sua e você precisa escolher. Mas eu estou indo para casa.

– Eu acho que você não passa de um *animal* – Gina falou. – Eu estou me divertindo aqui.

– É mesmo? Bem, eu não estou. Você até gosta de um assassinato, não gosta?

Gina prendeu o fôlego bruscamente.

– Essa é uma coisa cruel e perversa de se dizer. Eu gostava muito do tio Christian. E você não se dá conta de que alguém andou envenenando a grã-vó às escondidas durantes meses? É horrível!

– Já falei que não gosto daqui. Não gosto do tipo de coisa que acontece aqui. Vou cair fora.

– Se você tiver permissão para isso! Não percebe que provavelmente será preso pelo assassinato do tio Christian? Detesto a maneira com que o inspetor Curry olha para você. Ele é igual a um gato de olho num rato, com horrendas garras afiadas nas patas e pronto para dar o bote. Só porque você saiu do salão para consertar aquelas luzes e porque você não é inglês, tenho certeza de que vão jogar a culpa em cima de você.

– Vão precisar de alguma prova primeiro.

Gina gemeu:

– Eu estou assustada por você, Wally. Estou assustada desde o início.

– Não adianta nada ter medo. Estou dizendo a você que eles não têm nada para usar contra mim!

Os dois caminharam em silêncio na direção da casa.

Gina disse:

– Não acredito que você queira mesmo que eu volte para os Estados Unidos com você...

Walter Hudd não respondeu.

Gina Hudd se voltou para o marido e bateu com o pé no chão.

– Odeio você. Odeio você. Você é horrível... um monstro... um monstro cruel e insensível. Depois de tudo que eu tentei fazer por você! Você quer se livrar de mim. Não liga se nunca mais me ver. Bem, eu não ligo se *eu* nunca mais ver *você*! Eu fui uma idiota por ter me casado com você e vou encaminhar um divórcio o quanto antes e me casar com Stephen ou Alexis e ser bem mais feliz do que eu jamais poderia ser com você. E eu espero que você volte para os Estados Unidos e se case com uma garota horrível qualquer que o faça realmente infeliz!

– Ótimo! –Wally falou. – Agora nós sabemos onde estamos pisando!

II

Miss Marple viu Gina e Wally entrarem juntos na casa.

Ela estava parada no lugar em que o inspetor Curry fizera sua experiência com o policial Dodgett no começo da tarde.

A voz da srta. Bellever às suas costas lhe provocou um sobressalto.

– Vai pegar um resfriado, Miss Marple, ficando aí parada desse jeito depois que o sol já se pôs.

Miss Marple tratou mansamente de acompanhá-la e as duas caminharam até a casa com passos vigorosos.

– Eu estava pensando sobre os truques dos ilusionistas – Miss Marple falou. – Tão difícil, quando você está assistindo, descobrir como são feitos, e, no entanto, uma vez que são explicados, tão absurdamente simples... (Embora nem mesmo agora eu consiga imaginar como é que os ilusionistas fazem aparecer tigelas com peixinhos!) A senhorita já viu a Donzela Serrada ao Meio? Um truque *tão* emocionante... Lembro que eu ficava fascinada quando eu tinha onze anos de idade. E nunca *consegui* descobrir como era feito. Mas outro dia apareceu um artigo em certo jornal entregando tudo. Acho que um jornal não deveria fazer isso, não concorda? Parece que não é só uma moça... mas *duas*. A cabeça de uma e os pés da outra. Você pensa que é uma só e na verdade são duas... e vice-versa funcionaria igualmente bem, não é mesmo?

A srta. Bellever olhou para ela com uma leve surpresa.

Miss Marple não costumava ser tão meiga e incoerente. "A velhinha ficou chocada demais", ela pensou.

– Quando você olha para um lado de uma coisa, só vê aquele lado – Miss Marple continuou. – Mas tudo se encaixa perfeitamente bem se você apenas conseguir distinguir o que é realidade daquilo que é ilusão.

Acrescentou abruptamente:

– Carrie Louise... ela está bem?

– Sim – disse a srta. Bellever. – Ela está bem, mas deve ter sido um choque, sabe... descobrir que alguém queria matá-la. Quero dizer, acima de tudo um grande choque para ela, porque ela não entende a violência.

– Carrie Louise entende certas coisas que nós não entendemos – Miss Marple falou, pensativa. – Ela sempre foi assim.

– Sei o que a senhorita quer dizer... mas ela não vive no mundo real.

– Será que não?

A srta. Bellever olhou para ela com surpresa.

– Nunca houve uma pessoa que vivesse mais no mundo da lua do que Cara...

– A senhorita não acha, talvez, que...

Miss Marple se interrompeu enquanto Edgar Lawson passava por elas, gingando num passo largo. Ele as cumprimentou com uma espécie de aceno envergonhado, mas desviou o rosto enquanto passava.

– Descobri quem ele me faz lembrar – disse Miss Marple. – A lembrança me ocorreu de súbito agora mesmo. Ele me faz lembrar de um jovem chamado Leonard Wylie. O pai dele era dentista, mas ficou velho e cego, sua mão costumava tremer, e assim as pessoas preferiam consultar com o filho. Mas o velho ficou muito arrasado com isso e se lastimava, dizia que não prestava para mais nada, e Leonard, que era meio tolo e tinha um grande coração mole, começou a fingir que bebia mais do que devia. Ficava sempre cheirando a uísque, se fazia de bêbado quando seus pacientes apareciam. Sua esperança era de que os pacientes voltassem para o pai dizendo que o jovem não prestava.

– E eles voltaram?

– É claro que não – falou Miss Marple. – O que aconteceu foi o que qualquer pessoa com um mínimo de bom senso poderia ter dito a ele que aconteceria! Os pacientes procuraram o sr. Reilly, o dentista rival. Tantas pessoas de bom coração não têm sensatez... Além disso, Leonard Wylie era tão pouco convincente... Sua ideia de embriaguez não era nem de longe parecida com uma embriaguez verdadeira, e ele exagerava no uísque... derramando o uísque na roupa, sabe, numa quantidade perfeitamente impossível.

As duas entraram na casa pela porta lateral.

Capítulo 19

Dentro da casa, encontraram a família reunida na biblioteca. Lewis caminhava de um lado para outro, e havia um ar generalizado de tensão na atmosfera.

– Aconteceu alguma coisa? – a srta. Bellever perguntou.

Lewis respondeu de modo lacônico.

– Ernie Gregg não respondeu à chamada nesta noite.

– Ele fugiu?

– Não sabemos. Maverick e alguns dos funcionários estão fazendo uma busca pelo entorno. Se não conseguirmos encontrá-lo, teremos de comunicar o fato à polícia.

– Grã-vó! – Gina correu para Carrie Louise, assustada com a brancura de seu rosto. – A senhora parece doente.

– Estou triste. O pobre rapaz...

Lewis falou:

– Eu ia questioná-lo nesta noite para saber se ele tinha visto algo digno de atenção ontem à noite. Tenho proposta de uma boa colocação para ele, achei que depois de discutir isso eu poderia levantar o outro tópico. Agora... – ele se interrompeu.

Miss Marple murmurou com suavidade:

– Garoto tolo... pobre garoto tolo...

Ela sacudiu a cabeça, e a sra. Serrocold perguntou delicadamente:

– Então *você* também acha isso, Jane...?

Stephen Restarick entrou. Ele disse:

– Não encontrei você no teatro, Gina. Pensei que você tinha dito que ia... Ei, o que houve?

Lewis repetiu sua informação, e, enquanto terminava de falar, o dr. Maverick entrou com um rapaz louro de faces rosadas e uma expressão suspeitosamente angelical. Miss Marple lembrou-se de sua presença durante o jantar na noite em que havia chegado a Stonygates.

– Trouxe Arthur Jenkins comigo – disse o dr. Maverick. – Parece que ele foi a última pessoa que falou com Ernie.

– Pois bem, Arthur – disse Lewis Serrocold –, ajude-nos, por favor, se você puder. Para onde Ernie foi? Isso é só uma brincadeira?

– Isso eu não sei, senhor. Juro que não sei. Não me disse nada, não. Todo convencido sobre a peça do teatro ele tava, só isso. Disse que tinha tido uma ideia fantástica pro cenário, que a sra. Hudd e o sr. Stephen tinham achado de primeira.

– Há outra coisa, Arthur. Ernie alega que andou à espreita pelo entorno da casa depois que trancaram tudo ontem à noite. Isso é verdade?

– Claro que não é. Só contando vantagem, só isso. Mentiroso que não tem jeito, o Ernie. *Ele* nunca saiu de noite. Costumava se gabar que conseguia, mas não era tão bom assim com fechaduras! Não era capaz de fazer nada com uma fechadura que fosse fechadura mesmo. De qualquer jeito, ontem de noite ele ficou lá dentro, isso eu sei.

– Você não está dizendo isso só para nos satisfazer, Arthur?

– Juro por Deus – Arthur falou virtuoso.

Lewis não parecia de todo satisfeito.

– Ouçam – disse o dr. Maverick. – O que é isso?

Um murmúrio de vozes se aproximava. A porta foi escancarada e, com uma expressão muito pálida e doentia por trás dos óculos, o sr. Baumgarten entrou cambaleando.

O sr. Baumgarten arquejou:

– Nós encontramos ele... eles. É horrível...

Ele desabou numa poltrona e enxugou a testa.

Mildred Strete perguntou de modo abrupto:

– Como assim, encontraram *eles*?

Baumgarten tremia de alto a baixo.

– Lá no teatro – ele disse. – A cabeça deles esmagada... o grande contrapeso deve ter caído em cima deles. Alexis Restarick e aquele rapaz, Ernie Gregg. Os dois estão mortos...

Capítulo 20

– Eu lhe trouxe uma xícara de sopa bem forte, Carrie Louise – disse Miss Marple. – Agora beba, por favor.

A sra. Serrocold ergueu o corpo na grande cama de carvalho esculpido com quatro colunas. Parecia muito pequena, como uma criança. As faces haviam perdido seu rubor rosado, e os olhos transmitiam uma expressão curiosamente distraída.

Ela pegou a sopa das mãos de Miss Marple, obediente. Enquanto a bebericava, Miss Marple sentou-se numa cadeira perto da cama.

– Primeiro, Christian – disse Carrie Louise –, e agora Alex... e o pobre Ernie, o astuto e tolo Ernie. Será que ele realmente... sabia de alguma coisa?

– Acho que não – Miss Marple retrucou. – Estava só contando mentiras... se fazendo de importante ao insinuar que tinha visto ou sabia de algo. A tragédia é que alguém acreditou em suas mentiras...

Carrie Louise estremeceu. Seus olhos retomaram a expressão distante.

– Queríamos fazer tanta coisa por esses rapazes... De fato fizemos alguma coisa. Alguns deles se saíram maravilhosamente bem. Vários deles ocupam posições de verdadeira responsabilidade. Alguns regrediram... não há como evitar. As condições da vida moderna e civilizada são tão complexas... complexas demais para certas naturezas simples e subdesenvolvidas. Você conhece o grande projeto de Lewis? Ele sempre achou que a deportação era uma coisa que salvara inúmeros criminosos potenciais no passado. Eram embarcados para o além-mar... e recomeçavam a vida em ambientes mais simples. Ele quer iniciar um plano moderno com essa base. Comprar uma grande extensão de terra... um pequeno arquipélago. Financiar o projeto durante alguns anos, transformá-lo numa comunidade cooperativa autossustentável... de cuja construção todos participariam. Mas isolada, de modo que a tentação inicial de voltar às cidades e aos tempos de delinquência possa ser neutralizada. É o sonho dele. Mas exigiria muito dinheiro, é claro, e hoje em dia não existem muitos filantropos visionários. Precisamos de um outro Eric. Eric teria ficado entusiasmado.

Miss Marple pegou uma tesourinha e a observou com curiosidade.

– Que tesoura esquisita – disse. – Tem dois buracos para os dedos de um lado e um do outro.

Os olhos de Carrie Louise retornaram da tenebrosa distância.

– Alex me deu essa tesoura hoje de manhã – falou. – É para ficar mais fácil cortar as unhas da mão direita. Pobre garoto, estava tão entusiasmado. Ele me fez experimentá-la no mesmo instante.

– E aposto que ele juntou os restos cortados e os levou embora com grande asseio – Miss Marple disse.

– Sim – disse Carrie Louise. – Alex... – ela se interrompeu. – Por que você disse isso?

– Eu estava pensando em Alex. Ele era inteligente. Sim, era inteligente.

– Você quer dizer... é por isso que ele morreu?

– Acho que sim...

– Ele e Ernie... não vale a pena nem pensar. Quando eles acham que aconteceu?

– No fim da tarde. Entre seis e sete horas, provavelmente...

– Depois que deram o trabalho do dia por encerrado?

– Sim.

Gina tinha estado lá no fim da tarde... e Wally Hudd. Stephen também dissera que havia descido até lá, procurando por Gina...

Quanto a isso, no entanto, qualquer pessoa poderia ter...

A linha de raciocínio de Miss Marple foi interrompida.

Carrie Louise perguntou de modo calmo e inesperado:

– O quanto você sabe, Jane?

Miss Marple levantou a cabeça bruscamente. As duas mulheres se entreolharam.

Miss Marple falou devagar:

– Se eu tivesse plena certeza...

– Acho que você tem certeza, Jane.

Jane Marple perguntou:

– O que você quer que eu faça?

Carrie recostou-se nos travesseiros.

– Está nas suas mãos, Jane... Faça o que lhe parecer correto.

Ela fechou os olhos.

– Amanhã... – Miss Marple hesitou – tentarei falar com o inspetor Curry... se ele quiser me ouvir...

Capítulo 21

O inspetor Curry falou um tanto impaciente:

– Pois não, Miss Marple?

– O senhor acha que poderíamos ir até o Grande Salão?

O inspetor Curry pareceu ficar levemente surpreso.

– Essa é a sua ideia de privacidade? Por certo que aqui...

Ele olhou em volta do gabinete.

– Não estou pensando tanto em privacidade. É algo que eu quero lhe mostrar. Algo que Alex Restarick me fez ver.

O inspetor Curry, reprimindo um suspiro, se levantou e acompanhou Miss Marple.

– Alguém andou falando com a senhorita? – sugeriu esperançoso.

– Não – Miss Marple respondeu. – A questão não é o que alguém disse. É na verdade uma questão de truques de ilusionismo. Um passe de mágica, sabe... esse tipo de coisa... se o senhor me entende.

O inspetor Curry não entendeu. Arregalou os olhos e especulou se Miss Marple estaria bem da cabeça.

Miss Marple tomou sua posição e pediu ao inspetor que se posicionasse a seu lado.

– Quero que o senhor pense neste lugar como um cenário, inspetor. Tal como era na noite em que Christian Gulbrandsen foi assassinado. O senhor está aqui na plateia, contemplando as pessoas no palco. A sra. Serrocold e eu, a sra. Strete, Gina e Stephen... e, bem como num palco, existem entradas e saídas e os personagens saem para diferentes lugares. Só que a pessoa não pensa, quando está na plateia, para onde eles realmente estão indo. Eles saem "para a porta da frente" ou "para a cozinha", e, quando a porta se abre, a pessoa enxerga um pedaço de pano de fundo pintado. Mas *na verdade*, é claro, eles saem para os bastidores... ou para o fundo do cenário, com os carpinteiros e eletricistas e os outros personagens esperando para entrar em cena... eles saem... para um mundo diferente.

– Miss Marple, não entendo direito como...

– Ah, eu sei... ouso dizer que isso soa muito tolo... mas se o senhor imaginar isto aqui como uma peça, sendo que o cenário é "o Grande Salão de Stonygates"... o que é que está, exatamente, *atrás* do cenário?... quero dizer... o que há por trás do palco? O *terraço*, não é mesmo?... o terraço *e várias janelas que se abrem para ele.* E foi assim, perceba, que fizeram o truque de ilusionismo. Foi o truque da Donzela Serrada ao Meio que me fez pensar nisso.

– A Donzela Serrada ao Meio?

O inspetor Curry estava agora totalmente seguro de que Miss Marple tinha problemas mentais.

– Um truque de ilusionismo dos mais emocionantes. O senhor já deve ter visto... só que na verdade não é uma, são duas moças. A cabeça de uma e os pés da outra. Parece uma só pessoa e na verdade são duas. Pensei que podia muito bem ser *o contrário. Duas* pessoas podiam ser na verdade uma.

– Duas pessoas na verdade uma? – o inspetor Curry parecia desesperado.

– Sim. Não por muito tempo. Quanto tempo o seu policial levou no parque para correr até esta casa e voltar? Dois minutos e 45 segundos, não foi? Isso levaria menos tempo. Bem menos de dois minutos.

– O que é que levaria bem menos de dois minutos?

– O truque de ilusionismo. O truque no qual não eram duas pessoas, era uma. Ali dentro... no gabinete. Só estamos olhando a parte visível do palco. Atrás do cenário temos o terraço e uma *série de janelas*. Tão fácil, quando há duas pessoas no gabinete, abrir a janela do gabinete, sair, correr pelo terraço (aqueles passos que Alex ouviu), entrar pela porta lateral, atirar em Christian Gulbrandsen e correr de volta, e durante esse tempo a outra pessoa no gabinete vai fazendo as vozes de ambas, de modo que todos nós sentimos total certeza de que há *duas* pessoas lá dentro... E assim foi na maior parte do tempo, mas não durante esse curto período de menos de dois minutos.

O inspetor Curry recuperou o fôlego e a voz.

– A senhorita quer dizer, então, que foi *Edgar Lawson* quem correu pelo terraço e atirou em Gulbrandsen? Edgar Lawson quem envenenou a sra. Serrocold?

– Mas perceba, inspetor: *ninguém tentou envenenar a sra. Serrocold em absoluto*. É aqui que a desorientação entra em cena. Alguém, com grande astúcia, usou o fato de que os padecimentos da sra. Serrocold por causa da artrite não eram muito diferentes dos sintomas de um envenenamento por arsênico. É o velho truque do ilusionista de forçar que você escolha uma carta. Bem fácil adicionar arsênico num frasco de tônico... bem fácil adicionar algumas linhas numa carta datilografada... Mas o *real* motivo para a vinda do sr. Gulbrandsen era o motivo mais plausível... algo a ver com o Fundo Gulbrandsen. Dinheiro, com efeito. Vamos supor que tivesse ocorrido um desfalque... um desfalque numa vasta escala... o senhor percebe para onde isso aponta? Para uma única pessoa...

O inspetor Curry estava quase sem ar.
– Lewis Serrocold? – ele murmurou incrédulo.
– *Lewis Serrocold...* – Miss Marple disse.

Capítulo 22

Parte da carta de Gina Hudd para sua tia, a sra. Van Rydock:

> *...e, portanto, perceba, querida tia Ruth, a coisa toda foi um legítimo pesadelo – especialmente o fim. Já lhe contei tudo a respeito daquele homem engraçado, Edgar Lawson. Ele sempre foi um verdadeiro coelho – e, quando o inspetor começou a questioná-lo e encurralá-lo, ele perdeu o controle por completo e disparou como um coelho. Simplesmente perdeu o controle e correu – literalmente correu. Pulou a janela, contornou a casa e desceu pelo caminho e ali apareceu um policial para lhe fazer frente, e ele desviou e correu na maior velocidade para o lago. Pulou para dentro de uma velha canoa podre que estava se deteriorando lá por anos e zarpou. Uma coisa louca e insensata de se fazer, é claro, mas, como eu disse, ele parecia um coelho em pânico. E aí Lewis soltou um berro e falou "Essa canoa está podre", e também saiu correndo para o lago. A canoa afundou e lá estava Edgar lutando para se manter na superfície. Ele não sabia nadar. Lewis pulou na água e nadou na direção dele. Conseguiu alcançá-lo, mas ficaram numa situação difícil por causa dos juncos. Um dos homens do inspetor entrou na água com uma corda na cintura mas ficou emaranhado também e precisaram puxá-lo para fora. A tia Mildred falou "Eles vão se afogar – eles vão se afogar – ambos vão se afogar...", de um jeito tolo, e a grã-vó apenas disse*

"SIM". Não consigo lhe descrever a maneira como ela fez soar essa única palavra. Apenas "sim", algo que me atingiu como – como uma espada.
Por acaso estou sendo só tola e melodramática? Acho que sim. Mas foi assim mesmo que soou...
E depois – quando tudo acabou e tiraram os dois da água e tentaram respiração artificial (mas não adiantou nada) – o inspetor veio até nós e disse à grã-vó: "Receio que não haja qualquer esperança, sra. Serrocold".
A grã-vó falou com muita calma: "Obrigada, inspetor". Então ela olhou para todos nós. Eu ansiando por ajudar, mas sem saber como, e Jolly com uma expressão sombria e carinhosa e pronta para servir como sempre, e Stephen estendendo as mãos, e a engraçada Miss Marple parecendo tão triste e cansada, e até Wally parecendo afetado. Todo mundo gostando tanto dela e querendo fazer ALGUMA COISA.
Mas a grã-vó disse apenas "Mildred". E a tia Mildred disse "mamãe". E as duas foram juntas para dentro de casa, a grã-vó parecendo tão pequena e frágil e apoiando-se na tia Mildred. Eu nunca tinha percebido, até então, o quanto uma gostava da outra. Isso não aparecia muito, sabe, mas estava ali o tempo inteiro.

Gina parou com a ponta da caneta-tinteiro na boca. Então continuou:

Quanto a mim e Wally – vamos voltar para os Estados Unidos tão logo pudermos...

Capítulo 23

– Como você conseguiu adivinhar, Jane?

Miss Marple não se apressou para responder. Olhou, pensativa, os outros dois – Carrie Louise, mais magra e frágil, mas curiosamente impassível – e o velho com o sorriso doce e o espesso cabelo branco: o dr. Galbraith, bispo de Cromer.

O bispo pegou a mão de Carrie Louise.

– Isso foi uma grande tristeza para você, minha pobre criança, e um grande choque.

– Uma tristeza, sim, mas um choque, na verdade, não.

– Não – disse Miss Marple. – Foi isso que eu descobri... Todo mundo dizia o tempo todo que Carrie Louise vivia no mundo da lua e não tinha contato com a realidade. Mas na verdade, Carrie Louise, você estava em contato com a realidade, não com a ilusão. Você nunca se deixa enganar pela ilusão, ao contrário da maioria de nós. Quando de súbito me dei conta disso, percebi que eu devia me guiar por aquilo que *você* pensava e sentia. Você tinha plena certeza de que ninguém tentaria envenená-la, não conseguia acreditar nisso... e tinha toda a razão em *não* acreditar, porque não era o que estava acontecendo! Nunca acreditou que Edgar fosse capaz de machucar Lewis... e de novo estava certa. Ele nunca *teria* machucado Lewis. Você tinha certeza de que Gina não amava ninguém além do marido... e isso, mais uma vez, era de todo verdadeiro. Portanto, se eu fosse me guiar por você, todas as coisas que *pareciam* verdadeiras eram só ilusões. Ilusões criadas com um propósito definido... do mesmo modo com que os mágicos criam ilusões, para enganar uma plateia. Nós éramos a plateia. Alex Restarick foi o primeiro a ter um pressentimento da verdade porque teve a chance de ver as coisas de um ângulo diferente... o ângulo externo. Ele estava com o inspetor no caminho de chegada e olhou a casa e se deu conta das possibilidades das janelas... e se lembrou do ruído dos passos em corrida que ouvira naquela noite, e depois a cronometragem do policial lhe mostrou como as coisas levam muito menos tempo do que imaginaríamos que levassem. O policial resfolegava muito, e mais tarde, pensando no policial esbaforido, eu recordei que Lewis Serrocold estava sem fôlego quando abriu a porta do gabinete naquela noite. Ele acabara de fazer uma corrida puxada, percebam... Mas o pivô da história, para mim, era Edgar Lawson. Desde o começo achei que havia algo de errado com Edgar Lawson. Todas as coisas que ele dizia eram exatamente adequadas para o que deveríamos esperar dele, mas ele mesmo tinha algo de inadequado. Porque na verdade ele era um jovem normal interpretando o papel de um esquizofrênico... e sempre se mostrava, por assim dizer, um pouco maior que a vida. Ele era sempre teatral. Tudo deve ter sido cuidadosamente planejado e calculado. Lewis decerto percebeu, por ocasião da última visita de Christian, que algo despertara suas suspeitas. E conhecia Christian mais do que bem para saber que, se ele suspeitava de algo, não descansaria enquanto não conseguisse averiguar se suas suspeitas eram justificadas ou infundadas.

Carrie Louise se remexeu.

– Sim – ela disse. – Christian era assim. Lento e meticuloso, mas na verdade muito sagaz. Não sei o que foi que despertou suas suspeitas, mas ele começou a investigar... e descobriu a verdade.

O bispo disse:

– Eu me culpo por não ter sido um curador mais consciencioso.

– Ninguém jamais esperou que o senhor entendesse de finanças – Carrie Louise falou. – Esse, originalmente, era o terreno do sr. Gilfoy. Depois, quando ele morreu, a grande experiência de Lewis o colocou numa posição que proporcionava controle absoluto. E isso, é claro, foi o que lhe subiu à cabeça.

A cor rosada tomou conta de suas faces.

– Lewis era um grande homem – ela disse. – Um homem de grande visão, e um crente fervoroso no que se pode alcançar... com dinheiro. Não queria dinheiro para si... ou pelo menos não no sentido vulgar, de ganância... o que ele queria era o poder do dinheiro... queria o poder de fazer o bem com ele...

– Ele queria – disse o bispo com uma voz subitamente severa – ser Deus. Esqueceu que o homem é somente o humilde instrumento da vontade de Deus.

– E assim desviou os fundos do Instituto? – Miss Marple perguntou.

O dr. Galbraith hesitou.

– Não foi só isso...

– Conte para ela – disse Carrie Louise. – Ela é a minha amiga mais antiga.

O bispo falou:

– Lewis Serrocold era o que poderíamos chamar de gênio financeiro. Em seus tempos de contador altamente técnico, divertia-se elaborando vários métodos de fraude que eram praticamente infalíveis. Isso tinha sido meramente um estudo acadêmico, mas, quando começou a divisar as possibilidades que uma vasta soma de dinheiro poderia propiciar, colocou esses métodos em prática. Veja bem, ele tinha um material de primeira qualidade à disposição. Entre os garotos que passaram por aqui, escolheu um grupo pequeno e seleto. Eram garotos com tendências naturalmente criminosas, que adoravam emoções fortes e tinham um elevadíssimo nível de inteligência. Ainda não chegamos a todas as minúcias do esquema, mas parece bem claro que esse círculo esotérico era secreto e especialmente treinado, sendo mais tarde colocado em posições-chave, nas quais, seguindo as instruções de Lewis, os jovens falsificavam os registros de tal maneira que enormes somas de dinheiro eram desviadas sem que qualquer suspeita fosse despertada. Segundo entendi, as operações e ramificações são tão complicadas que os auditores vão levar meses para deslindar tudo. Mas o resultado líquido parece ser o de que, sob vários nomes, contas bancárias e empresas, Lewis Serrocold teria sido capaz de utilizar uma soma colossal com que pretendia estabelecer uma colônia no além-mar, para uma experiência cooperativa, na qual os delinquentes juvenis acabariam se tornando donos e administradores do território. Pode ter sido um sonho fantástico...

– Foi um sonho que poderia ter virado realidade – disse Carrie Louise.

– Sim, poderia ter virado realidade. Mas os métodos que Lewis Serrocold adotou eram desonestos, e Christian Serrocold os descobriu. Ele ficou muito abalado, em particular pela constatação daquilo que a descoberta e o provável processo a ser sofrido por Lewis significariam para você, Carrie Louise.

– Foi por isso que ele me perguntou se o meu coração estava bom e parecia tão preocupado com a minha saúde – Carrie Louise falou. – Eu não conseguia entender.

– Então Lewis Serrocold retornou do norte e Christian foi ao encontro dele fora da casa e lhe contou que sabia o que estava acontecendo. Lewis reagiu com calma, eu creio. Ambos concordaram que precisavam fazer o máximo para poupar você. Christian disse que ia escrever para mim, pedindo que eu viesse, na condição de curador associado, para discutir a situação.

– Mas é claro – disse Miss Marple – que Lewis Serrocold já estava preparado para essa emergência. Foi tudo planejado. Ele trouxera para dentro de casa o jovem que devia interpretar o papel de Edgar Lawson. Havia um Edgar Lawson real... é claro... para o caso de a polícia conferir seu prontuário. Esse Edgar falso sabia exatamente o que precisava fazer: representar o papel de um esquizofrênico com mania de perseguição... e garantir para Lewis Serrocold um álibi por alguns minutos vitais. O passo seguinte havia sido planejado também. A história de Lewis de que você, Carrie Louise, estava sendo lentamente envenenada... quando a gente de fato pensa bem, só tínhamos o relato de Lewis sobre o que Christian dissera para *ele*... isso e algumas linhas adicionadas na máquina de escrever enquanto ele estava esperando a polícia. Era fácil inserir arsênico no tônico. Nenhum perigo para você nesse ponto... uma vez que ele estava presente para impedir que você o tomasse. Os chocolates foram apenas um toque adicional... e, obviamente, os chocolates originais não estavam envenenados... só aqueles que ele substituiu antes de entregá-los para o inspetor Curry.

– E Alex deduziu – disse Carrie Louise.

– Sim... foi por isso que ele recolheu as aparas das suas unhas, que comprovariam se o arsênico efetivamente tinha sido ministrado por um longo período.

– Pobre Alex... pobre Ernie.

Houve um momento de silêncio enquanto as duas pensavam em Christian Gulbrandsen, em Alex Restarick, no garoto Ernie – e na rapidez com que o ato do assassinato pode distorcer e deformar tudo.

– Mas por certo – disse o bispo – Lewis assumia um grande risco ao persuadir Edgar a ser seu cúmplice... mesmo que tivesse alguma influência sobre o jovem...

Carrie sacudiu a cabeça.

– Não era exatamente influência. Edgar era devotado a Lewis.

– Sim – disse Miss Marple. – Como Leonard Wylie e seu pai. Eu fico pensando se talvez...

Ela se calou por delicadeza.

– Você viu a semelhança, eu suponho... – Carrie Louise falou.

– Então você sabia o tempo todo?

– Deduzi. Eu sabia que Lewis, certa vez, tivera uma paixão passageira por uma atriz, antes de me conhecer. Ele me contou tudo a respeito. Não tinha sido nada sério, era uma mulher interesseira que não ligava para ele, mas não tenho a mínima dúvida de que Edgar era efetivamente filho de Lewis...

– Sim – disse Miss Marple. – Isso explica tudo...

– E ele deu sua vida pelo filho no final – disse Carrie Louise, lançando um olhar de súplica para o bispo. – Deu mesmo, sabe...

Houve um silêncio e então Carrie Louise falou:

– Fico feliz que tenha terminado dessa maneira... com sua vida sacrificada na esperança de salvar o garoto... Pessoas que podem ser muito boas podem ser muito ruins também. Eu sempre soube que isso era verdade quanto a Lewis... Mas... ele me amava muito... e eu o amava.

– Você em algum momento... chegou a suspeitar dele? – Miss Marple perguntou.

– Não – Carrie Louise respondeu. – Porque eu estava intrigada com o envenenamento. Eu sabia que

Lewis nunca iria me envenenar, mas aquela carta de Christian afirmava definitivamente que alguém *estava* me envenenando... então pensei que tudo que eu pensava saber sobre as pessoas só podia estar errado...

Miss Marple disse:

– Mas quando Alex e Ernie foram encontrados mortos... você suspeitou então?

– Sim – falou Carrie Louise. – Porque eu não achava que qualquer outra pessoa senão Lewis teria ousado. E comecei a temer o que ele poderia fazer a seguir...

Ela estremeceu ligeiramente.

– Eu admirava Lewis. Admirava sua... como poderei definir... sua bondade? Mas eu entendo de fato que se a pessoa for... boa... ela precisa ser humilde na mesma medida.

O dr. Galbraith falou com suavidade:

– Isso, Carrie Louise, é o que eu sempre admirei em você... a sua humildade.

Os adoráveis olhos azuis se arregalaram de surpresa.

– Mas *eu* não sou esperta... e não sou particularmente boa. Só consigo admirar a bondade nas outras pessoas.

– Querida Carrie Louise... – disse Miss Marple.

– Acho que a grã-vó vai ficar mais do que bem com a tia Mildred – Gina disse. – A tia Mildred parece bem mais afável agora... não está tão bizarra, se a senhorita entende o que eu quero dizer.

– Entendo o que você quer dizer – Miss Marple falou.

– Então Wally e eu vamos voltar para os Estados Unidos dentro de quinze dias.

Gina lançou um olhar de soslaio para o marido.

– Vou esquecer tudo a respeito de Stonygates e sobre a Itália e todo o meu passado infantil e me tornar cem por cento americana. Sempre vamos chamar o nosso filho de Júnior. É a coisa mais razoável que eu posso fazer, não é mesmo, Wally?

– Certamente que sim, Kate – disse Miss Marple.

Wally, sorrindo de modo indulgente diante de uma idosa que trocava nomes, corrigiu-a com gentileza:

– Gina, não Kate.

Mas Gina riu.

– Ela sabe o que está dizendo! Entenda... daqui a pouco ela vai chamar *você* de Petruchio!

– Eu só acho – Miss Marple falou para Walter – que você agiu com muita sabedoria, meu caro rapaz.

– Ela acha que você é simplesmente o marido perfeito para mim – disse Gina.

Miss Marple olhou de um para outro. Era ótimo, ela pensou, ver dois jovens tão apaixonados, e Walter Hudd era o avesso do jovem carrancudo que ela encontrara no primeiro dia, tinha se transformado num gigante bem-humorado e sorridente...

– Vocês dois me lembram – ela disse – de...

Gina deu um ágil passo à frente para colocar uma mão com firmeza sobre a boca de Miss Marple.

– Não, querida! – ela exclamou. – Não diga nada. Eu desconfio dessas comparações com o vilarejo. Elas têm sempre uma ferroada no final. A senhorita é realmente uma velha muito malvada, sabia?

Seus olhos se enevoaram.

– Quando penso na senhorita, na tia Ruth e na grã-vó juntas na juventude... Eu gostaria tanto de saber como vocês três eram! Mas por algum motivo eu não consigo imaginar...

– É normal que você não consiga – Miss Marple disse. – Já faz tanto tempo...

Livros de Agatha Christie publicados pela **L&PM** EDITORES

O homem do terno marrom
O segredo de Chimneys
O mistério dos sete relógios
O misterioso sr. Quin
O mistério Sittaford
O cão da morte
Por que não pediram a Evans?
O detetive Parker Pyne
É fácil matar
Hora Zero
E no final a morte
Um brinde de cianureto
Testemunha de acusação e outras histórias
A Casa Torta
Aventura em Bagdá
Um destino ignorado
A teia da aranha (com Charles Osborne)
Punição para a inocência
O Cavalo Amarelo
Noite sem fim
Passageiro para Frankfurt
A mina de ouro e outras histórias

Memórias

Autobiografia

Mistérios de Hercule Poirot

Os Quatro Grandes
O mistério do Trem Azul
A Casa do Penhasco
Treze à mesa
Assassinato no Expresso Oriente
Tragédia em três atos
Morte nas nuvens
Os crimes ABC
Morte na Mesopotâmia
Cartas na mesa
Assassinato no beco
Poirot perde uma cliente
Morte no Nilo
Encontro com a morte
O Natal de Poirot
Cipreste triste
Uma dose mortal
Morte na praia
A Mansão Hollow
Os trabalhos de Hércules
Seguindo a correnteza
A morte da sra. McGinty
Depois do funeral
Morte na rua Hickory
A extravagância do morto
Um gato entre os pombos
A aventura do pudim de Natal
A terceira moça
A noite das bruxas
Os elefantes não esquecem
Os primeiros casos de Poirot
Cai o pano: o último caso de Poirot
Poirot e o mistério da arca espanhola e outras histórias
Poirot sempre espera e outras histórias

Mistérios de Miss Marple

Assassinato na casa do pastor
Os treze problemas

Um corpo na biblioteca
A mão misteriosa
Convite para um homicídio
Um passe de mágica
Um punhado de centeio
Testemunha ocular do crime
A maldição do espelho
Mistério no Caribe
O caso do Hotel Bertram
Nêmesis
Um crime adormecido
Os últimos casos de Miss Marple

MISTÉRIOS DE TOMMY & TUPPENCE

O adversário secreto
Sócios no crime
M ou N?
Um pressentimento funesto
Portal do destino

ROMANCES DE MARY WESTMACOTT

Entre dois amores
Retrato inacabado
Ausência na primavera
O conflito
Filha é filha
O fardo

TEATRO

Akhenaton
Testemunha de acusação e outras peças
E não sobrou nenhum e outras peças

ANTOLOGIAS DE ROMANCES E CONTOS

Mistérios dos anos 20
Mistérios dos anos 30
Mistérios dos anos 40
Mistérios dos anos 50
Mistérios dos anos 60
Miss Marple: todos os romances v. 1
Poirot: Os crimes perfeitos
Poirot: Quatro casos clássicos

GRAPHIC NOVEL

O adversário secreto
Assassinato no Expresso Oriente
Um corpo na biblioteca
Morte no Nilo

Miss Marple

Agatha Christie®

L&PM POCKET

IMPRESSÃO:
PALLOTTI
GRÁFICA
Santa Maria - RS | Fone: (55) 3220.4500
www.graficapallotti.com.br